RECLAM-BIBLIOTHEK

Ein schönes, kultiviertes Paar, so empfinden es die Freunde. Agnes liebt ihren Beruf als Restauratorin, während Simon, der prominente Weinhändler, von Erfolg zu Erfolg, von Diner zu Diner eilt. Die beiden haben sich in einer Terrassenwohnung hoch über dem Rhein behaglich eingerichtet, und nichts deutet darauf hin, daß dieses Glück, so harmonisch komponiert wie ein Stilleben, jemals zerbrechen könnte.

Als Agnes jedoch den Auftrag erhält, eine Kapelle in St. Petersburg zu restaurieren, verschiebt sich unmerklich das Gefüge ihrer Beziehung. Sie lernt den russischen Alltag kennen, und sie lernt die ausgestoßenen Straßenkinder von St. Petersburg kennen. Diese Eindrücke setzen sich fest und wollen nicht mehr zur mondänen Geschäftigkeit ihres ›alten‹ Lebens passen. Eine Entscheidung bahnt sich an … und Agnes, die selbstbewußte Frau des Weinhändlers, weiß, was sie zu tun hat.

»Die Frau des Weinhändlers« beschreibt mit großer Prägnanz und untergründigem Witz, wie zwei Menschen, die sich lieben, ganz leise einander fremd werden – und wie es vielleicht doch noch gelingt, einen neuen Weg einzuschlagen.

Marlene Faro, geboren 1954, arbeitete jahrelang als Journalistin und lebt heute als freie Autorin in Wien. 1996 erschien ihr mittlerweile in 8. Auflage vorliegender Roman »Frauen die Prosecco trinken«.

Marlene Faro

Die Frau des Weinhändlers

Roman

RECLAM VERLAG LEIPZIG

ISBN 3-379-01618-7

Reclam-Bibliothek Band 1618
2. Auflage, 1998
Reihengestaltung: Hans Peter Willberg
Umschlaggestaltung: Kay Krause und Alexander Fleischmann, Leipzig, unter Verwendung des Gemäldes »Stilleben mit Hummer und großem Krug« von Abraham van Beyeren.

Gesetzt aus Meridien
Satz: Peter Conrad, Brandis
Druck und Bindung: Ebner Ulm
Printed in Germany

1

Menschenfleisch könnte ich jederzeit essen.
Die dralle Laetitia beispielsweise, die mir schräg gegenübersitzt. Warum nur gilt es als völlig normal, Kälber zu vierteilen und Wachteln zu rösten, während Laetitia zu verspeisen wohl von jedem Schwurgericht als schlimme Perversion gewertet wird? Dabei gäbe Laetitia sicherlich ein köstliches Ragout ab, oder besser noch einen Braten, ihre saftigen Pobacken mit Käse gratiniert und mit rosa Pfeffer bestreut ... Irmgard Trenkwitz hingegen, mit ihren fortwährenden Diäten und Safttagen, nun ja, als Suppenhuhn vielleicht.
Ich nippe am Bordeaux, spieße ein Steinpilzscheibchen auf die mattschimmernden Zinken der Gabel und sende einen tiefen Blick quer über die Tafel, über Damast und Gläser hinweg, über den zarten Duft der Gestecke aus Efeu und weißen Freesien, hinüber zu dem Mann am anderen Ende des Tisches, der dereinst in einem Kloster als Schreibpult für die Mönche diente, zu meinem Mann, ach Liebster.
Liebster, Bester, Schönster, von dir käme nur das Allerbeste in Frage, zart gedünstet in Rotwein, auf den Punkt gegart, voll Liebe und Erwartung, dich zu verspeisen, *es* zu verspeisen, ein allerletzter Liebesakt, nie zuvor bist du so tief in mich vorgedrungen, ich muß die Augen schließen vor Wonne bei dieser Vorstellung.
Rundum glucksen und plätschern die Gespräche, wie eine sanfte Brandung, die diesen Abend trägt, einen

höchst gelungenen Abend übrigens, der noch lange dauern wird, ich sehne mich nach einem heißen tiefschwarzen Espresso, aber bis dahin sind noch zwei Gänge zu überstehen, mindestens, ich versuche mich an die Menüfolge zu erinnern.
Der Mann am anderen Ende der Tafel wirft mir einen Blick zu, zwischen Lachen und Diskutieren und Weinverkosten, wie ein unsichtbarer Laserstrahl schnellt er über den Damast und signalisiert mir Liebe und Verstehen. Halte aus, meine Geliebte, irgendwann geht auch der letzte Gast. Dann verglüht der Strahl, bevor ihn sonst jemand bemerken kann, und wir wenden uns wieder unseren Tischnachbarn zu, ja doch, natürlich, ich habe davon gehört, was für eine interessante Ansicht.

*

Wir leben im Norden, aber wir wohnen wie in der Provence.
Pralle, blaugewürfelte Kissen türmen sich auf dem weißen Sofa vor dem gußeisernen Kaminofen, dicke Teppiche in warmen Rot- und Gelbtönen liegen auf den blanken Holzdielen. In der geräumigen Wohnküche hängen getrocknete Kräuter, fein säuberlich zu Bündeln geschnürt, von der Decke, im Schlafzimmer und in der kleinen Nische, die für bettschwere Besucher reserviert ist, duftet es zart nach Lavendel. Agnes versteht es, ein gemütliches Heim zu schaffen, loben unsere Gäste gerne, Agnes hat wirklich Geschmack.
Im Oktober, oft aber schon im September, ist es an der Zeit, den weißen und rosafarbenen Oleander von der Terrasse in den Keller zu transportieren, meist findet diese Aktion an einem Samstagnachmittag statt. Simon brummelt ein bißchen, aber dann hilft er mir ja doch, zu zweit tragen wir die schweren Kübel bis zum Auf-

zug und fahren in den Keller, wo wir es nie verabsäumen, uns zu küssen.
Später dann, zurück in unserer Dachwohnung, entkorkt Simon eine Flasche Rotwein, nicht zu schwer, damit wir nicht warten müssen mit dem ersten Schluck. Dann stehen wir vor dem großen Fenster im Wohnzimmer, blicken auf die Lastkähne auf dem Rhein, der so nahe vorbeifließt, daß wir den Schiffern Kußhände zuwerfen könnten, und halten uns eng umschlungen. Was für ein schönes Paar ihr doch seid, sagen unsere Gäste gerne, wie füreinander geschaffen.

*

Vor fünf Jahren haben wir uns kennengelernt, bei einem Cocktail im Anschluß an eine Kongreßeröffnung, »Byzantinische Ikonographie in Mitteleuropa. Spurensuche und Strategien der Erhaltung«. Simon war eingeladen als Sammler mit erlesenem Geschmack, ein Mann in den sogenannten besten Jahren. Nur daß diese Jahre beim Mann nie enden, während sie uns Frauen schon die nahende Schmach der »Frau ohne Alter« ankündigen.
Auf den ersten Blick wird Simon oft für einen Staatsanwalt gehalten, so aufrecht, so untadelig steht er da, groß und breitschultrig und stattlich, in perfekt geschnittenen blau-weiß gestreiften Hemden, immer in Kniestrümpfen, niemals trägt Simon Socken, die den peinlichen Anblick von weißen Waden zulassen, unbeirrbar im Kampf gegen die Mafia. Aber unbestechlich an diesem Mann ist vor allem sein Gaumen, Simon ist Weinhändler und Gourmet, das Urteil seiner Geschmacksknospen gilt unter Winzern und Köchen bis Bordeaux als letzte Instanz.
Ich war eingeladen als Restauratorin mit weithin geschätztem Pinselstrich, eine junge Frau mit einer selt-

samen Vorliebe für alte Mauern, für modrige Luft und Räume, in denen Schritte noch einen Hall erzeugen. Und für Kälte, eisige, klirrende Kälte.
Kälte gehört zu meinem Beruf, für mich ist sie fast das Beste daran. Kälte macht den Kopf frei, macht die Farben rundum frisch und klar, modelliert aus jedem meiner Atemzüge eine dampfende kleine Wolke. Und sie hält mir lästige Besucher fern. Nein, was Sie für eine ruhige Hand haben, wirklich unglaublich, diese Madonna mit dem Kind, ja, das waren noch wahre Meister, damals, so schwatzen sie neben mir, die kunstbeflissenen Edeltouristen mit dem dickleibigen Reiseführer unter dem Arm, die selbst den Umweg in diese entlegene Kapelle nicht scheuen, bis sie endlich die Kälte vertreibt. Dann trollen sie sich, schniefend und schneuzend, auf Wiedersehen Fräulein, wie halten Sie es hier bloß aus, Sie werden sich noch den Tod holen, und dann bin ich endlich wieder allein, die Tür fällt ins Schloß und die Kälte senkt sich wie eine schützende Glocke über uns drei, die Madonna, das Kind und mich.
Noch besser ist es nur noch hoch droben auf den wackeligen Gerüsten, wenn es eine Kuppel zu restaurieren gilt. Wo mir niemand mehr über die Schulter blicken kann, tief drunten höre ich das Raunen der Besucher, die mit steifem Nacken zu mir emporblicken, aber niemand wagt den Weg herauf über Leitern und Stege aus rohen Brettern.
Auch Simon hat diesen Aufstieg nie gewagt, aber oft genug ist er in einer Kirchenbank oder auf einem steinernen Sockel gesessen während der vergangenen fünf Jahre, scheinbar unempfindlich für die Kälte, ein Mann wie ein Backofen. Seit ich Simon kenne, halte ich Schmelzen für eine erwägenswerte Möglichkeit, um zu Tode zu kommen.

*

Seit ich Simon kenne, sind mir die alten Freundinnen leise aber stetig abhanden gekommen.
Manchesmal denke ich, es ist doch das Unglück, das uns Frauen zusammenschweißt. Und schon habe ich ein schlechtes Gewissen. Aber ist es nicht so, daß wir unsere Köpfe am liebsten über einem saftigen Skandal oder einer herzerweichenden Tragödie zusammenstecken?
Also stell' dir vor, was mir vorgestern passiert ist, er ist einfach ein Schwein, du glaubst es nicht, und schon ist ein vergnüglicher Nachmittag garantiert. Nur ich habe irgendwann meinen Part nicht mehr erfüllt, meine Freundinnen haben es mir lange genug nachgesehen. Haben mir ihr Leid geklagt, vertrauensvoll, aufmunternd, so, jetzt bist aber du an der Reihe Agnes, nur mir ist beim besten Willen nichts eingefallen, beschämt bin ich dagesessen und habe in mein Glas gestarrt, Simon und ich sind einfach glücklich, aber ich habe selbst gehört, wie peinlich das klang.
Irgendwann ist die Geduld einer diffusen Feindseligkeit gewichen, dann sind unsere Treffen spärlicher geworden, jetzt gratulieren wir uns nur mehr überschwenglich zum Geburtstag. Wenn mich die Sehnsucht nach der alten Vertrautheit gar zu sehr plagt, dann werfe ich mich meist auf den verdutzten Simon und zerzause ein wenig seine untadeligen grauen Schläfen, wie himmlisch dieser Mann doch riecht, man kann eben nicht alles im Leben haben, wenn man sich in diese Tatsache fügen gelernt hat, dann ist man wohl erwachsen geworden.
Außerdem habe ich Laetitia dazugewonnen, Laetitia macht mit ihrer Präsenz ein halbes Dutzend Freundinnen wett. Welche Rolle sie dereinst in Simons Leben innehatte, ist eindeutig und liegt dennoch im Halbschatten verborgen. Ach Sterntalermädchen, diese Geschichte ist doch längst verjährt, und Simon faßt mich

neckend um die Hüften und stubst seine Nase in meinen Nacken, wer möchte da noch kleinkarierte Fragen stellen. Laetitia selbst hat mich sozusagen adoptiert, unter ihre Fittiche genommen, großzügig statt feindselig, wie es ihr doch kaum zu verübeln gewesen wäre.
Wie viele von Simons Freunden und Bekannten verdient Laetitia ihren Lebensunterhalt auf eher beiläufige Art und Weise, sie besitzt einen verwinkelten Antiquitätenladen in der Altstadt, vollgeräumt mit samtgepolsterten Besteckkoffern und zierlich geschnitzten Tischen. Die Klingel über dem Glasportal scheppert oft, aber die meisten Besucher verlassen den Laden wieder, nachdem sie mit ihren Fingerspitzen über das mattschimmernde Holz gestrichen, sich flüsternd nach dem Preis erkundigt und ein wenig erschrocken dreingeblickt haben, um sich dann zu entfernen, manche werfen noch einen bedauernden Blick zurück.
Zum Glück habe ich ja meine ganz speziellen Kunden, pflegt Laetitia mir in solchen Momenten zuzuraunen, aber die kündigen ihren Besuch natürlich vorher telephonisch an und geben ihre Wünsche bekannt. Ich habe noch nie einen von ihnen erblickt, aber es muß sie ganz unzweifelhaft geben, denn Laetitia fügt sich harmonisch in den exquisiten Freundeskreis rund um Simon, ein funkelndes Schmuckstück unserer Tafel.
Manchesmal begleite ich Laetitia bei ihrem liebsten Zeitvertreib, dem Stöbern bei der Konkurrenz, wir streifen dann durch Boutiquen und Einkaufspassagen, Laetitia vorneweg wie der Leithund der Meute, ich hinterdrein, immer ein wenig besorgt.
Heute sind wir in der Welt von edlem Porzellan und Kristall unterwegs, diese Art von Läden hat mir von jeher Alpträume verschafft. Mit einem unbedachten Zucken deines Ellenbogens fegst du drei Hermès-Aschenbecher vom Regal und stotterst fortan den

Kleinkredit ab, den dir die Geschäftsleitung entgegenkommenderweise eingeräumt hat. Aber Laetitia segelt völlig sorglos um die Kurven, jetzt drapiert sie gerade ihr Cape neu um die Schultern, ich muß die Augen schließen und ramme beinahe die Vitrine mit den Wedgwood-Tassen.
Laetitia kommt mir nachgeeilt, Agnes, du wirkst etwas erschöpft, laß uns doch irgendwo einen Imbiß nehmen, und Laetitia schwingt mit ausholender Geste ihr Cape um die Schultern und zugleich einem Mann ins Gesicht.

*

Im »San Marco« herrscht heute mittag ein klein wenig Hektik, der Geschäftsführer dirigiert seine Brigade mit schnellen Blicken aus den Augenwinkeln, an den Tischen ringsum wird mitfühlend getuschelt, diverse weibliche Gäste haben bereits ihre Plätze verlassen.
Ich betrachte sinnend das Kind, das kotzt wie ein Reiher – übers Kinn tröpfeln die halbverdauten Speisereste, vermutlich Spaghetti mit Tomatensauce, Ketchup war in jedem Fall dabei – und grüble über das Phänomen der Ungerechtigkeit nach. Eine Mutter mit kotzendem Kind hat Glück, wenn man sie bloß mit dem Wasserwerfer von der Parkbank jagt, ein Vater mit kotzendem Kind hingegen ist in jedem Drei-Sterne-Lokal noch ein gerngesehener Gast.
Wie hilflos, wie rührend, er braucht sich bloß einmal umzusehen, schon stürzen wir herbei, wir hilfsbereiten Frauen, und schwenken unser bestes Batisttüchlein. Dürfen wir ein wenig aufwischen?
Aber bitte gerne, ja doch, huldvoll nickt der junge Vater und überreicht der nächstbesten Dame das Kind, dem es vom Kinn tropft, er wirkt nun doch ein wenig angeekelt, er möchte nur kurz in den Waschraum, und

dann stehen wir da, düpiert, ein wenig verlegen, wir lernen es wohl nie.

*

Keine Kinder.
Erstaunlich, wie federleicht nonverbale Kommunikation in einer intakten Beziehung zu funktionieren vermag. Da ein Blick, dort eine abwehrende Geste, und schon ist alles klar und schlüssig und braucht gar nicht erst ausgesprochen zu werden.
Simon mag Kinder, er ist ein zauberhafter Onkel, wirbelt die kleinen Töchter unserer Freunde hoch in die Luft, legt den größeren Söhnen freundschaftlich den Arm um die Schultern, zu ihm kommen sie alle, mit ihren Kümmernissen und Schulproblemen. Wenn wir dann wieder alleine sind, seufzt Simon jedesmal, es ist ein Seufzen der Erleichterung und nicht des Bedauerns, dann streicht er mir durchs Haar, sucht meinen Blick, und ich halte dem seinen stand, du hast nichts zu befürchten, Simon, ich gehöre nicht zu den Frauen, die ganz plötzlich das ungeschriebene Grundgesetz einer Beziehung brechen.

*

Am nächsten Morgen scheint die Sonne zum Fenster unseres Schlafzimmers herein, tastet sich über Spitzen und Bordüren, so wie Simons Hand, die sanft und warm über meinen Rücken wandert.
Stimmungen kann man schmecken, davon war ich schon als Kind überzeugt. Angst schmeckt säuerlich, wie nach einem Schluck alter Milch, die man versehentlich, ohne auf das Ablaufdatum zu achten, aus dem Kühlschrank genommen und an die Lippen gesetzt hat.

Lange Jahre bin ich mit dem Geschmack von Einsamkeit aufgewacht und wieder eingeschlafen, einem metallischen Geschmack, nicht unangenehm, er ist noch immer da, aber nur ganz schwach und ganz weit hinten, rund ums Gaumensegel. In Momenten wie diesem wird er allerdings völlig überdeckt, alles, was meine Zungenspitze erfühlen kann, duftet nach Haut und Haaren, nach ein bißchen Vanille, oder ist es Zimt?
Schön mit dir, murmelt Simon, dann seufzen wir beide, satt und zufrieden schon vor dem Frühstück, ich stelle mir vor, eine Robbe auf dem arktischen Eis zu sein, oder besser gesagt ein Robbenweibchen, das sich den allerdicksten Robbenhäuptling geangelt hat.
Später sehe ich Simon beim Packen zu, er macht das perfekt, stapelt gebügelte Hemden zu einem blauweißen Stoß, Wäsche, zwei Krawatten und einen dunkelgrauen Pullover dazu, das Rasierzeug im ledernen Etui. Für drei Tage im Elsaß ist mein Mann damit bestens gerüstet, Winzer sind ein legeres Volk, selbst wenn sie in Schlössern residieren, die von Rebstöcken bis zum Horizont umgeben sind.
Du kommst zurecht?
Aber ja doch, du doch auch?
Also dann, Simon beugt sich ein letztesmal über mich, und dann bin ich allein in unserem Schlafzimmer, drunten auf der Straße springt sein Wagen an.

*

Der rauchige Duft des Novembers steigt in meine Nase, November ist fast so gut wie Kälte, ich schlendere in Richtung Karlsplatz, wo die Marktstände eine letzte Festung gegen den Verkehr bilden.
Im November haben die Blumengebinde die Farben friulanischer Fresken, ein mattes Lila, ein sanftes Rostrot, ab und zu blitzt schon eine goldene Nuß zwischen

den Astern und Dahlien. Der Fischhändler häuft gehacktes Eis auf seine Ware, mit offenen Mäulern und glasigen Augen liegt sie da, wie ein Stilleben aus alter Zeit.
In der Mitte, im Herzstück des Marktes, ist kein Autolärm mehr zu hören und kein Hupen, nur die heiseren Rufe der Frauen und Männer, die ihre Ware anpreisen, es ist schon später Nachmittag, die Preise beginnen zu sinken. Ich denke, daß ich mir gerne ein Stück Fleisch braten würde, ausnahmsweise, dazu ein Glas Rotwein, normalerweise nütze ich Simons Abwesenheit, um mich von den Gelagen zu erholen, die mein Mann aus beruflichen Gründen absolvieren muß, ich begleite ihn fast immer, wenn mein Magen schmerzt, dann denke ich an Simon in der kalten Kirchenbank.
Der Fleischer hackt ein Kotelett vom Ganzen, Knochen knacken, wirft es nachlässig auf ein Stück Papier, ist das alles, nur ein einziges Kotelett?
Ja leider, ich bin Witwe, ich lächle ihm zu, eine tapfere Frau und dabei noch so jung, er starrt mich an, verblüfft und ein wenig verunsichert, ich bezahle, er starrt mir nach, mein Schritt ist jetzt entschieden beschwingter.
Dann kaufe ich noch Lavendel bei der dicken Frau, die mit ihren Körben voll getrockneter Kräuter und Blumen unter einem Schirm sitzt, ihre Finger sind dick und rot und geschwollen von der Kälte, mühsam verstaut sie meine Münzen in ihrer Schürzentasche. Ganz zum Schluß erstehe ich eine Flasche süßen Moselwein, der Händler wickelt sie in Zeitungspapier, ich muß an Simon denken, der sich nicht einmal mit Tarnkappe eine Bouteille »Rheinperle« unter den Arm klemmen würde.

*

Anka liegt zu meinen Füßen und vertilgt schmatzend ein Lammkotelett, das zuvor fein säuberlich von allen Sehnen und Knochensplittern befreit wurde. Herr Melchior reibt Kartoffeln und Zwiebeln, es duftet angenehm scharf, wir müssen alle drei ein wenig zwinkern. Vor mir steht ein Römerglas mit grünem Fuß, auf einem Spitzendeckchen, gefüllt mit süßem Moselwein.

Einmal in der Woche besuche ich Herrn Melchior, der alleine in einem einstöckigen Haus mit abblätterndem Putz lebt, an der Rückwand schließt sich ein kleiner Garten mit einem Kräuterbeet für Petersilie und Thymian an, rundum ragen schneeweiße Wohnhäuser in Pyramidenform in den Himmel, in einem davon leben Simon und Agnes, am Abend kann ich von unserer Dachterrasse aus das Licht in Herrn Melchiors Wohnzimmer sehen.

Über dem Eßtisch hängt eine Heidelandschaft mit Gänsen, Herrn Melchiors Frau hat sie gestickt vor vielen Jahren. Jetzt ist sie schon fast drei Winter tot, aber das Haus ist nicht verwahrlost, wie es doch so oft der Fall ist, wenn der Mann die Frau überlebt, Herr Melchior führt seinen Haushalt mit Liebe zum Detail und Sinn für Gemütlichkeit.

Wann beginnt die Arbeit in Rußland, Agnes, fragt Herr Melchior und drückt die geriebenen Kartoffeln über einer Plastikschüssel aus, eine weißliche Flüssigkeit tropft über seine Handgelenke.

Nach Ostern, sage ich und sehe Herrn Melchior zu, der gerade einen großzügig bemessenen Schluck Weißwein über die Kartoffeln gießt, wir zwinkern uns zu wie zwei Verschwörer, Anka schlackert mit den Ohren.

Es gibt kaum eine Speise, die Herr Melchior nicht mit einem Schuß süßen Moselweines verfeinert, er tut es mit einer Grandezza, die Starköche zu unbegabten Lehrlingen verblassen läßt.

Jetzt muß alles ein wenig ziehen, sagt Herr Melchior,

er holt einen Stuhl heran und setzt sich zu mir, wir prosten uns zu. Unsere Bekanntschaft ist in langsamen Schritten gewachsen, zuerst haben wir uns nur angesehen, wenn wir uns auf der Straße begegnet sind, zwei Menschen, die nicht hasten, während rundherum jeder Mann und jede Frau in unserem Viertel es ständig eilig zu haben scheinen, geschäftig sperren sie ihre Limousinen auf und zu oder schleppen Einkaufstüten zum Hauseingang, meist im Laufschritt, der nächste Termin wartet schon.
Irgendwann hat Herr Melchior seinen Hut gezogen im Vorübergehen, eine altmodische Geste, die mich an meine Kindheit erinnert hat, für meinen Vater war es eine Selbstverständlichkeit, vor Frauen den Hut zu ziehen. Von da an haben wir uns gegrüßt, zugelächelt, und es war nur mehr ein kurzer Schritt bis zum ersten Gespräch beim Gemüsehändler.
Wofür brauchen Sie die, hat mich Herr Melchior gefragt, als ich gerade unentschlossen die faustgroßen Tomaten musterte. Für eine Sauce sind die zu blaß und für einen Salat zu wäßrig, nehmen Sie doch die Strauchtomaten, auch wenn die etwas teurer sind, aber schmecken tun sie wunderbar.
Seither kennen wir uns, gerne bin ich seiner Einladung auf ein Gulasch gefolgt, Herrn Melchiors Spezialität, aber nie bin ich auf die Idee gekommen, Simon mitzubringen. Nie würde ich auch auf die Idee kommen, Herrn Melchior zu uns nach Hause zu bitten, ich stelle ihn mir schrecklich vor, droben auf dem Dach, vor einem trockenen Sherry. Statt dessen verabreden wir uns jeden Mittwoch aufs neue, bis dann, sagt Herr Melchior, wenn er im Türrahmen steht und mir nachwinkt, ich koch' uns auch was Leckeres.
So, genug gerastet, sagt Herr Melchior jetzt und steht auf und beginnt die Kartoffelmasse zu würzen, zu salzen und zu pfeffern, eine Knoblauchzehe wird dazu-

gepreßt, die Gasflamme auf dem Herd wird entzündet. Agnes, Sie können den Tisch decken, es ist gleich soweit, sagt Herr Melchior, der gerade dabei ist, appetitliche Laibchen zu formen und in das heiße Öl gleiten zu lassen, wo es sprudelt und aufzischt und spritzt.

Ich hole Teller und Besteck von der Anrichte und fühle mich durchaus wohl bei dieser Vertraulichkeit, falte die Papierservietten und zünde die Kerze in dem gußeisernen Leuchter an. Ein bißchen Apfelmus dazu, fragt Herr Melchior und deutet auf das Regal mit den Kompott- und Marmeladegläsern, stellen Sie es doch einfach auf den Tisch, nur keine Umstände.

Dann essen wir, die Reibekuchen sind heiß und knusprig, sorgfältig tauchen wir jeden Bissen vorher in Apfelmus. Werden Sie lange wegbleiben, fragt Herr Melchior, St. Petersburg soll ja wunderschön sein, Sie sind ein Glückspilz, wissen Sie das, Agnes?

Ja, das weiß ich, sage ich, und meine es auch.

Wie lange ich fort bin, das hängt von den Schäden am Mauerwerk ab, ich muß mir erst vor Ort ein Bild machen, Fotos reichen da nicht aus, obwohl man mir eine ganze Mappe davon zugeschickt hat. Aber ich schreibe Ihnen ganz gewiß.

Anka bekommt die zwei letzten Reibekuchen, die schon ausgekühlt sind, die Bouteille »Rheinperle« ist fast leer. Essen Sie eigentlich gerne Muscheln, fragt Herr Melchior, nicht jeder mag das, wissen Sie, darum frage ich vorher, aber ich habe mir gedacht, ich mache uns nächste Woche Muscheln, in einem leckeren Süppchen mit Zwiebeln, Möhrchen und Pfefferkörnern und einem ordentlichen Schuß Weißwein. Was halten Sie davon?

Mir rinnt jetzt schon das Wasser im Mund zusammen, sage ich, furchtbar gerne, ich sorge für den Wein dazu.

Aber nicht zu trocken, Agnes, sagt Herr Melchior, vielleicht ein leichter Mosel oder etwas aus dem Badischen.
Dann ziehe ich meinen Mantel an, Herr Melchior und Anka schauen mir dabei zu, bis dann, gute Nacht, bis zum nächsten Mal.

*

Spätabends, ich liege schon im Bett und habe die Augen geschlossen, läutet das Telephon.
Das ist schon mein dritter Versuch, endlich erreiche ich dich, sagt Simon aus dem Hörer, seine Stimme ist ohne jeden Vorwurf, wir vertrauen einander.
Ich war bei Herrn Melchior, wir haben Reibekuchen gegessen.
Mein Sterntalermädchen war also wieder wohltätig unterwegs, Simon klingt amüsiert-liebevoll.
Ich habe es längst aufgegeben, Simon davon zu überzeugen, daß Herr Melchior derjenige von uns beiden ist, der sich um den anderen kümmert. Es ist wohl auch nicht allzu wichtig, Simon hat gewiß Bedeutsameres im Kopf.
Der neue Jahrgang läßt sich übrigens ganz prächtig an, erstaunlicherweise, trotz des verregneten Sommers. Mein Mann erzählt, und ich lausche seiner Stimme, mit offenen Augen in der Dunkelheit.
Wann kommst du zurück?
Bald, vielleicht schon früher als gedacht, du weißt ja, ich vermisse dich schon nach einem Tag.
Dann legen wir auf, und ich versuche zu schlafen, wenigstens schließe ich meine Augen.

*

Weihnachten rückt näher, unaufhaltsam, mitten in der Stadt tauchen plötzlich Almhütten auf, aus wetterfesten Balken gezimmert, Tannengirlanden winden sich um ihre Giebel. Es riecht nach Punsch und Rum, aus dem Kaufhaus weht die Stimme von Bing Crosby, in der Dämmerung denke ich, daß es früher auf einem Dorfanger in Flandern wohl ähnlich geschäftig war.
Ich bummle durch die Straßen und kaufe Papier und Bänder ein, Kerzen aus gerolltem Bienenwachs, Lebkuchen mit Mandeln in meiner Lieblingskonditorei. Vor den Dom-Arkaden, dem gläsernen Prunkstück unserer Stadt, hier läßt es sich auch gepflegt shoppen, wenn es draußen schneegraupelt, sitzt ein Kind auf einer Plastiktüte und spielt Akkordeon. Es ist wohl ein Junge, nicht älter als sieben, seine Finger sind so rot und geschwollen wie die der Lavendelfrau, nur viel kleiner. Er spielt konzentriert und angespannt, als ob ihn jemand beobachten würde, dabei hasten die Menschen doch an ihm vorüber, sein Gesicht befindet sich in Kniehöhe der Erwachsenen. ›Danke‹ hat jemand auf ein Stück Papier gekritzelt, das an eine Blechdose gelehnt ist, in der sich nur ein paar Münzen befinden.
Ich blicke um mich, aber niemand scheint innehalten zu wollen, ich bin nur ein Hindernis. Dann sehe ich den Mann, er lehnt an der gegenüberliegenden Ecke, sein Sakko ist abgerissen und viel zu dünn für die Kälte, er raucht eine selbstgedrehte Zigarette, die Glut verbrennt fast schon seine Fingerkuppen. Irgendwann ist er auch ein Kind gewesen, wahrscheinlich hat es ebenso Akkordeon gespielt, aber das ist schon lange her, jetzt ist er erwachsen und es ist sinnlos, an sein Mitgefühl für das Kind, wahrscheinlich sein Kind, zu appellieren.
Ich gehe weiter.
Von Kindern halte ich mich ferne, komme ihnen nicht zu nahe, bin auf der Hut. Sonst tut es zu weh, die Na-

tur hat mich mit allerfeinsten Sensoren für Kinderunglück gestraft, ich spüre alles, die Prügel, die Lieblosigkeit, den Hunger und die Kälte. Ganz gleich, ob ihr Elend über den Bildschirm flimmert, ob es mich von einem Schwarzweißfoto in der Tageszeitung anstarrt oder ob es mir entgegenkommt, an der Hand einer ungeduldigen erschöpften Mutter, die ihr Kind hinter sich herzerrt, es ist schon viel zu spät am Abend, wieso liegt es noch nicht im Bett, warm zugedeckt, es sieht so müde aus. Am schlimmsten aber sind die Väter, ganz besonders die smarten, lässigen, die den Kinderwagen nur mit einer Hand schieben, keck sehen sie dir ins Gesicht, na wie wär's, wir könnten das Bündel doch ganz leicht irgendwo deponieren, ich wäre noch zu haben.
Im Freundeskreis hat mir meine Reserviertheit den Ruf latenter Kinderfeindlichkeit eingetragen, Agnes macht sich nichts aus Windelwechseln, Agnes hat Besseres vor, so scherzen Simons Freunde gerne zu fortgeschrittener Stunde, wenn die Themen persönlicher werden und man vom Wein zum Kognak übergeht. Ihre Frauen lächeln dazu, sanft und gütig, wir sollten endlich aufbrechen, du weißt doch Schatz, der Babysitter will auch nach Hause. Und ich denke mir, wie könnt ihr hier nur so ruhig sitzen und trinken und lachen, niemals würde ich mein Kind einem Fremden anvertrauen.

*

Irmgard Trenkwitz, die Gastgeberin, hat gerötete Bakken, die ihr durchaus stehen, und wirft hektische Blicke nach meinem Mann. Es schmeckt ihm doch hoffentlich, ist das Filet Wellington in Champignonhülle und Blätterteigmantel auch schön durchgebraten, aber noch von einem schwachen rosa Schimmer

durchzogen, so wie Simon, der Gourmet und Weinkenner, es gerne mag?
Irmgard hat sich solche Mühe gegeben, aber sie braucht sich nicht zu sorgen, Simon ist bester Laune und außerdem keiner von den selbsterkorenen Feinschmeckern, die an jeder Sauce herummäkeln. So einer wäre für mich auch nicht in Frage gekommen, manchesmal fällt es mir schon schwer genug, das Getue von Simons Freunden rund um ihre Nahrungsaufnahme zu ertragen.
Ich pflege dann ein wenig abzuheben, nur in Gedanken natürlich, meist lande ich hoch droben auf einem Gerüst unter einer feuchten Kuppel, es ist kühl und still, nur von weit her dringt Stimmengemurmel und ein Klirren, wie von Besteck.
Irmgards Backen glühen, Simon hat ihr soeben ein Kompliment über ihren Braten gemacht, ich kann ihm da nur im stillen beipflichten, das Filet zergeht wie Butterflöckchen im Mund, dazu der Geschmack nach Pilzen und Kräutern, der Rotwein ist selbstverständlich von Simon, ein Château Montrose '94.
Ich denke, daß unser Tisch wie ein barockes Gelage anmutet, das funkelnde Geschirr und die geschliffenen Gläser, der Braten, schon ein wenig ramponiert auf dem silbernen Tablett, die Schüsseln mit dem feinen Dekor, dazu rundum lachende erhitzte Gesichter, im Hintergrund verschwimmt das Bordeauxrot der Tapeten, ein goldener Rahmen reflektiert unsere Augen und Münder.
Irmgard ist endlich entspannt, das Dessert wartet schon auf der Anrichte, Lebkuchenmousse, der festlichen Vorweihnachtszeit angemessen, jetzt kann auch sie den Abend genießen und ein Gläschen riskieren.
Gestern, sagt Irmgard, habe ich den ganzen Tag damit verbracht, meine Kleider durchzusehen, ihr glaubt ja gar nicht, wie anstrengend das ist.

Ich nehme einen ausgiebigen Schluck vom Montrose und proste mir diskret zu. Die Männer am Tisch lächeln, amüsiert, gönnerhaft, ja, so sind wir Frauen nun mal, ein klein wenig belemmert, auch wenn wir Doktor der Atomphysik sind. Irmgard plappert munter weiter, halt' die Klappe, rufe ich ihr zu, natürlich nur hoch droben auf meinem Gerüst, ich möchte schließlich nicht die Harmonie dieses schönen Abends stören.

Ein Drittel ihrer Garderobe sortiere sie jedes Jahr vor Weihnachten aus, konsequent, erzählt Irmgard gerade, schließlich braucht sie in ihrer Position Platz für Neues, als Pressereferentin kann ich nicht dreimal dasselbe tragen, so gerne ich das auch täte.

Deshalb, sagt Irmgard und reicht ihrem Gatten, dem griesgrämigen Marcel Trenkwitz, der so erstaunlich komische Wochenrückblicke für den Hörfunk schreibt, die Preiselbeeren, deshalb bekommt Zdenka, eine wahre Perle, sie putzt und bügelt nun schon seit sieben Jahren für uns, hat sogar Schlüssel zum Haus, deshalb bekommt Zdenka auch jedes Jahr vor Weihnachten einen ordentlichen Schwung an Kleidern und Kostümen, alles vom Feinsten, Zdenka freut sich immer ganz unglaublich, sie selbst paßt ja nicht mehr in alles hinein, Zdenka ist ein wenig klobig um die Taille, aber ihre Nichte Miroslava, also wie für sie geschneidert.

Ja, das stelle ich mir wirklich unglaublich vor, Zdenka und Miroslava, wie sie zu Weihnachten im Escada-Jäckchen durchs Dorf spazieren, darunter vielleicht ein Schlauchkleid von Helmut Lang, der macht so süße kleine Sachen, eigentlich ein Nichts, aber das gekonnt.

Ich blicke um mich und starre in entgeisterte Gesichter, Marcel Trenkwitz grinst ein bißchen, er hat Preiselbeeren im Mundwinkel, Irmgard hat bloß hochrote Backen. Du lieber Himmel, normalerweise führe ich doch nur ganz normale Selbstgespräche, hoch droben

auf meinem Gerüst, ich habe doch nicht etwa laut geredet?
Verwirrt blicke ich zu Simon, gottlob, Simon wirkt so souverän wie immer, er lacht, der Schalk funkelt in seinen Augen, Agnes reitet wieder auf ihrem Hexenbesen, sagt er gerade und droht mir ein bißchen, schelmisch, er schaut aus wie ein Lausbub. Dann setzt das Lachen der anderen ein, zögernd, nicht gerade überschwenglich, aber gerade überzeugend genug, daß sich Irmgard und ich nicht duellieren müssen, morgen früh, noch vor Sonnenaufgang, wer wäre wohl mein Sekundant?
Das Gespräch beginnt wieder zu fließen, Irmgard läßt die Lebkuchenmousse auftragen, sie schmeckt phantastisch, ein bißchen zimtig, eine Prise Kirschwasser ist wohl ebenfalls dabei. Simon schickt mir einen Kuß quer über die Tafel, hauchzart, angedeutet, ich lasse meine Wimpern klimpern.
Agnes reitet wieder auf dem Hexenbesen. Wieso eigentlich wieder?

*

Die Kerze in dem gußeisernen Leuchter brennt, es ist eine besonders schöne, tropffreie, mit einem rundum modellierten grünen Tannenzweig. Echte Tannenzweige sind hinter das Bild über dem Eßtisch gesteckt, füllen eine Schale, gemeinsam mit Nüssen und Äpfeln. Neben der Kerze, in sicherem Abstand, stehen zwei verschnürte Pakete, das eine groß und beeindruckend, in himmelblauem Seidenpapier mit goldenen Sternen darauf, die einen Schweif nachziehen, das andere kleiner und flacher, in silberschimmernde Folie gewickelt, gekrönt von einem Gesteck aus Zimtstangen und Lorbeerblättern.
Herr Melchior füllt mein Glas nach, der Wein ist süß und schwer, eine Spätlese aus der österreichischen

Wachau. Das ist wirklich was Feines, sagt Herr Melchior, vielen Dank, Agnes.
Über dem Herd hängen Dampfschwaden, in dem Topf köchelt Sauerkraut, von Herrn Melchior mit einem ordentlichen Schuß Weißwein verfeinert, in der großen Pfanne schmort eine Haxe. Es ist gleich fertig, Sie können schon den Tisch decken Agnes, sagt Herr Melchior gerade, als das Telephon läutet.
Ich falte die Servietten, ganz besonders dicke diesmal, mit roten Schleifen und grünen Zweigen bedruckt, Herrn Melchiors Stimme ist leise aus dem Nebenzimmer zu hören. Dann kommt er zurückgeschlurft und rührt das Kraut um.
Das war meine Tochter, sie möchte, daß ich die Feiertage bei ihr und ihrer Familie verbringe, aber das ist mir zu weit, obwohl ihr Mann, der Martin, würde mich holen kommen, ein netter Kerl.
Ich habe gar nicht gewußt, daß Sie Kinder haben, sage ich ein wenig verblüfft.
Drei Stück, sagt Herr Melchior. Der älteste Sohn lebt schon seit Jahren in der Schweiz, er arbeitet bei einem von diesen großen Pharmakonzernen. Der zweite, der Richard, wohnt mit seiner Familie gleich ums Eck, wir sehen uns kaum, er hat sich vor zwei Jahren mit einem Getränkemarkt selbständig gemacht und kämpft jetzt ums Überleben. Ich habe ihm gleich abgeraten, aber wer hört schon auf einen alten Mann, der Richard sicher nicht. Die Luise, meine Tochter, wohnt in Ellenbroich, das ist fast eine Stunde über die Autobahn entfernt. Aber sie ruft mich jede Woche an, ich kann mich nicht beklagen.
Herr Melchior schöpft die Teller mit Kraut voll und säbelt üppige Stücke Fleisch von der Haxe, ein Töpfchen Senf steht schon auf dem Tisch. Lassen Sie es sich gut schmecken, Agnes, sagt Herr Melchior, und fröhliche Weihnachten.

Nach dem Essen öffnen wir unsere Geschenke. In dem großen Paket ist eine Küchenmaschine für mich, die kann einfach alles, sagt Herr Melchior, rühren, kneten, schnetzeln, und außerdem ist sie ganz einfach zu reinigen, die einzelnen Teile nur unters kalte Wasser halten, fertig. Oder haben Sie etwa schon so eine, fragt er mich besorgt, es ist das allerneueste Modell.
Ich beruhige Herrn Melchior, der dickköpfig der Meinung ist, ich müsse eine wunderbare Köchin sein, ich bringe es einfach nicht übers Herz, ihm von »Engelhardt & Sohn« zu erzählen, dem edlen Feinkostladen gleich ums Eck von den Dom-Arkaden.
Wann immer wir ein Abendessen geben, ist die Firma »Engelhardt & Sohn«, genauer gesagt nur der Sohn, fürs Catering zuständig. Hanno Engelhardt bespricht schon Tage vorher mit Simon und mir die Speisenfolge, erscheint am betreffenden Tag zuverlässig in unserer Wohnung, mit silbernen Riesentöpfen und Pfannen, ihr delikater Inhalt wurde an den Engelhardtschen Profiherden vorgegart und wird jetzt sorgfältig warmgehalten, der Rest wird von Engelhardt Junior kundig in unserer Küche zubereitet, auf die Minute erscheint er dann mit seinen jungen Gehilfen, deren Fingernägel stets wie frisch gebürstet glänzen, in unserem Speisezimmer und trägt das Ergebnis jahrelanger Übung auf, feines Fischtatar auf geröstetem Weißbrot, Rinderfilet in der Kräuterkruste, Lachsforelle mit Zucchinisahnesauce, ein säuerliches Apfelsorbet, dazu ein Schlückchen Calvados.
Ich heimse bloß die Komplimente ein, das war wieder phantastisch, Agnes, gratulieren mir unsere wohlerzogenen Gäste, die wohl wissen, was sich hinter den Kulissen abgespielt hat, aber fürs leibliche Wohl ist nun mal die Hausfrau zuständig.
Vielen Dank, Herr Melchior, sage ich, vielen Dank, und ich drücke dem alten Mann einen Kuß auf die Wange.

Herr Melchior bekommt eine Kuckucksuhr von mir, aus Holz geschnitzt, mit Gewichten aus Messing. Ach Agnes, das ist doch viel zu wertvoll für so einen alten Mann wie mich, sagt Herr Melchior gerührt, und dann bekomme ich meinen Kuß.

Die Spätlese ist ausgetrunken, aber Herr Melchior holt keinen Wein mehr, sondern die staubige Flasche, die er hinter den Kerzen verwahrt. Selbstgebrannter Nußschnaps, sagt Herr Melchior, von meinem alten Freund Leo, ein Gläschen davon hilft gegen jedes Zipperlein und jeden Kummer.

Zum Glück habe ich keinen Kummer, sage ich. Herr Melchior füllt zwei Gläser voll, der Schnaps schmeckt einfach wunderbar, gar nicht scharf, sondern mild und samtig, meine Zunge fühlt sich an wie nach einem liebevollen Kuß.

Was werden Sie zu Weihnachten kochen, Agnes, fragt mich Herr Melchior.

Gebackenen Fisch und Kartoffelsalat, antworte ich, ich bin das so aus meiner Kindheit gewohnt.

Außerdem ist es einer der seltenen Tage im Jahr, an denen ich selbst am Herd stehe und mein Bestes versuche, aber das verschweige ich Herrn Melchior lieber. Simon ißt seinen gebackenen Fisch stets ohne Widerspruch, dabei ist er wahrlich andere Gerichte gewöhnt, aber er ahnt eben, was mir dieser Kabeljau bedeutet, er schmeckt nicht bloß nach Fisch, sondern nach Kindheit, nach Vorfreude und erfüllten Erwartungen. Auch dafür liebe ich meinen Mann.

Und Sie, frage ich Herrn Melchior, ich habe ein schlechtes Gewissen bei dieser Frage, die Herrn Melchior doch nur an seine Einsamkeit erinnert, aber es ist ein Gebot der Höflichkeit, sie zu stellen, was werden Sie essen an Weihnachten?

Herr Melchior lächelt verschmitzt. Ich mache mir Kasseler mit Püree, die Kasseler habe ich schon einge-

kauft, ein Sonderangebot, dazu ein schönes Weinchen, und dann habe ich mir etwas ganz Besonderes spendiert, eine Videokassette, das Haus in Montevideo, von Curt Goetz, seine Frau, die Valerie von Martens spielt die Hauptrolle, aber die werden Sie wohl nicht mehr kennen, dafür sind Sie ja viel zu jung.
Und ob ich die kenne, sage ich, natürlich kenne ich die, alle beide. Na so was, sagt Herr Melchior erfreut, also darauf müssen wir noch einen trinken, was meinen Sie, Agnes, und das tun wir dann auch, Herr Melchior und ich, es ist fast Mitternacht, als ich endlich aufbreche.

*

Es weihnachtet auch in unserer Dachwohnung, natürlich nur sehr diskret, eine silberne Schale mit Keksen von »Engelhardt & Sohn« steht auf dem Couchtisch aus hellem Birkenholz, über dem Kaminofen lehnen Einladungen zu Weihnachtsmärkten und wohltätigen Basaren, es duftet nach Harz und Tannenzweigen.
Simon eilt von einem Geschäftsessen zum nächsten Punsch, die Adventszeit bedeutet das alljährliche Umsatzhoch für einen Weinhändler, Firmen ordern kistenweise ihre Präsente für treue Kunden, es wird eifrig gebunkert für die Feiertage, wie sonst soll man eine ganze Woche im Kreis seiner Lieben überstehen.
Dann ist der vierundzwanzigste Dezember da, ich gehe schon frühmorgens zum Markt, vor den Fischständen bilden sich lange Schlangen in der Kälte, wir stehen in Pfützen aus Blutwasser und Eis. In einem offenen Bottich schwimmen Karpfen, die Frau vor mir deutet auf ein besonders schweres Kaliber und schon hat ihn der Fischhändler herausgeangelt, zack, der Kopf ist ab, der Rumpf zuckt noch ein bißchen, der Gehilfe des Fischhändlers wickelt alles in Pergamentpapier, nimmt mit fischigen Fingern den Schein entgegen, gibt ein paar

Münzen heraus, danke und schöne Feiertage auch, der nächste, bitte.
Zwei Kabeljaufilets, sage ich, und um die Mundwinkel des Fischhändlers zuckt es ein klein wenig verächtlich, Kabeljaufilets, kein Hummer, nicht einmal Lachs, nun ja, dabei ist die doch ganz schön teuer angezogen. Aber dann wünscht er mir doch frohe Weihnachten, wir lächeln uns sogar an, wenigstens heute wollen wir Neid und Mißgunst aus unseren Herzen verbannen, durch meine Sohlen beginnt das Eiswasser zu sickern.
Simon telephoniert gerade, als ich nach Hause komme, kaum hat er aufgelegt, klingelt es schon wieder, die besten Wünsche, ja, euch auch allen, wir müssen uns unbedingt treffen, wenn der Rummel vorüber ist, ja ich richte es ihr aus, doch, Agnes geht es gut, vielen Dank nochmals und Grüße, bis dann.
Puuh, sagt Simon, als er zu mir in die Küche kommt, Weihnachten ist echt ein Schrecknis, tut mir leid, Sterntalermädchen, ich weiß, du liebst dieses ganze Brimborium, aber mich kostet es bloß Nerven, obwohl, der Absatz war wirklich hitverdächtig in diesem Jahr, wir sind praktisch leergekauft, die Leute kaufen wie verrückt, die Flasche um hundert Mark, da zucken die nicht einmal mit der Wimper. Und Simon faßt mich um die Taille, nicht doch, sage ich, ich muß doch den Fisch trocken tupfen, sag' bloß, es gibt wieder gebackenen Kabeljau, sagt Simon, du wirst es überleben, sage ich, das ganze Jahr ißt du nur vom Allerfeinsten, da ist doch gar keine Steigerung mehr möglich.
Wir zanken uns noch ein wenig, liebevoll, ernsthaft streiten wir nie, Simon zerzaust meine Haare, und ich kann mich nicht wehren, mit meinen Fischfingern, dann muß er von mir ablassen, das Telephon läutet wieder.
Am späten Nachmittag wird es ganz ruhig in unserem Viertel, nur auf dem Strom ziehen die Lastkähne vorüber, die meisten haben Lichterketten zwischen den

Schornsteinen gespannt, manche haben sogar ein geschmücktes Bäumchen auf dem Deck angebracht, die Lamettafäden flattern im Wind, ich denke mir, dieser Fluß ist das Beste an der ganzen Stadt. Auch in den Wohnungen beginnt es schon vereinzelt zu glitzern und zu gleißen, ich vermeine Stimmen zu hören, die ein Lied singen, von Glöckchen und Schlittenfahrten, aber es kann sich nur um eine Einbildung handeln.
Simon und ich haben keinen Weihnachtsbaum, das wäre wohl auch ein bißchen peinlich für ein kultiviertes Paar ohne Kinder, ja sogar ohne Hund, dafür prangt ein wunderschönes Gesteck auf dem langen Tisch im Speisezimmer, mit dicken Kerzen und rotgoldenen Schleifen, es knistert ein wenig, als die Dochte brennen.
Nach dem Essen nehmen wir die halbleere Flasche Chablis mit ins Wohnzimmer, Simon hat die Holzscheite im Kaminofen angezündet, wie von Zauberhand liegen ein schmales Päckchen und ein Kuvert auf dem Couchtisch aus hellem Birkenholz, neben den Keksen von »Engelhardt & Sohn«.
Simon sieht mir zu, wie ich das schmale Paket öffne, ein Etui kommt zum Vorschein, Simon blickt mich erwartungsvoll an und grinst wie ein Schuljunge, der etwas angestellt hat, in dem Etui liegt eine zierliche Goldkette, an dem Kettchen hängt ein goldener Stern, an seinen Spitzen funkelt es wie Tautropfen. Für dich, Sterntalermädchen, sagt Simon, damit du mich nicht ganz vergißt in St. Petersburg.
Dich vergessen, ach du Spinner, sage ich, wir halten uns an den Händen, Simon drückt mich an sich, es knackt ganz leise in meinem Brustkorb, so muß die Liebe sein, wie in den alten Märchen, es schnürt dir das Herz ab.
Jetzt mach' doch mal das andere Dings da auf, sagt Simon, seine Haare sind an den Schläfen zerzaust. Ich entferne die Schleife, die um das Kuvert gewickelt ist,

ein Prospekt fällt mir entgegen und zwei rote Billetts mit weißer Aufschrift, Flugtickets, ganz eindeutig. Eine Reise, so denke ich, und daß eine Nacht mit Simon im Packeis so ziemlich das Beste wäre, was ich mir vorstellen kann.
Aber auf dem Prospekt ist ein klobiger Felsen abgebildet, wie ein Buckel aus vorsintflutlicher Zeit, rundum scheinen nur rötlicher Staub und Sand zu sein, das ist Ayers Rock, sagt Simon, das Herz Australiens, mitten in der Wüste.
Schau' doch nicht so erschreckt drein, Agnes, sagt Simon, ich stelle mir das unheimlich spannend vor, du wirst schon sehen, wir mieten uns einen Jeep und fahren durch Australien, dort wollte ich schon immer mal hin, außerdem können wir gleich ein paar Weingüter besuchen, ich würde liebend gerne einen größeren Handel mit Weinen aus dem Pazifik aufziehen, die Leute kaufen das Zeug wie verrückt, der Shiraz Cabernet war der Renner im Weihnachtsgeschäft.
Oh, das ist wirklich wunderschön, murmle ich, ehrlich Simon, es klingt so richtig nach Abenteuer.
Dann hole ich Simons Päckchen, oder besser Paket, es ist groß und federleicht, mein Mann drückt und schnüffelt daran herum, gib mir einen Tip, Agnes, er freut sich wie ein Kind auf die Überraschung. Ich bin lange herumgelaufen, um diesen Bademantel zu finden, er ist so kuschelweich, bernsteinfarben wie die Augen meines Mannes, mit grünen Sprenkeln darin. Hmmm, macht Simon, und hält sich den Stoff an die Wange, ein kleiner Zettel rutscht aus der Tasche, nie wieder Kabeljau steht darauf, Simon zieht mich an sich, Agnes, du Verrückte, ich liebe dich, für dich würde ich sogar Blumenkohl essen. Ich liebe dich auch, sage ich zu meinem Mann, der Blumenkohl seit seiner Kindheit verabscheut, für dich fahre ich sogar nach Australien.

Simon geht ins Bad und probicrt seinen Bademantel an, er kommt zurück und sieht zum Anbeißen aus, wir beschließen, daß er ihn gleich wieder ausziehen muß, Weihnachten ist doch das Fest der Liebe, ich schließe die Augen und stelle mir vor, daß wir auf einer Eisscholle dahintreiben, rundum ist Kälte, nur der Mann in mir spendet Wärme und Überleben.

*

Weihnachten geht über in Silvester, die Almhütten in der Stadt werden rasch umdekoriert, statt Engeln aus Keramik gibt es jetzt Glücksschweine aus Marzipan zu kaufen, nur das Punschrezept ist gleich geblieben. Die Menschen, die die dampfenden Becher in ihren Händen halten, klingen vergnügter als vor Weihnachten, irgendwie erleichtert, das Schlimmste hätten wir hinter uns, jetzt kommt die Neujahrsfete, dann ist Karneval, und dann kommt auch schon der Frühling, der nächste Winter ist so himmlisch fern.
Am Tag vor Silvester werde ich von Laetitia gerammt, wir biegen beide aus verschiedenen Richtungen in die Dom-Arkaden ein. Können Sie denn nicht aufpassen, hebt Laetita zu einem Lamento an, ihre Samtkappe ist ein wenig verrutscht, dann erkennt sie mich, Agnes, was für ein Zufall, wie schön.
Wir erzählen uns kurz das Wichtigste über die vergangenen Festtage, Laetitia zieht sich den schwarzledernen Handschuh von der linken Hand und läßt einen Platinring im Zwielicht zwischen Neonbeleuchtung und Tageslicht funkeln, sie lacht und tut sehr geheimnisvoll, unter ihren speziellen Kunden hat sich offenbar ein neuer Liebhaber gefunden, ihr werdet ihn schon noch kennenlernen, verspricht Laetitia schelmisch, ich mime erwartungsvolle Neugierde.
Dann erzähle ich ihr von Australien, das Kettchen

lasse ich beiseite, irgendwie habe ich Hemmungen, davon zu plaudern. Australien, sagt Laetitia, sie ruft es fast, ein paar Passanten drehen sich kurz nach uns um, ja unser Simon, großzügig war er schon immer. Wir küssen uns innig auf beide Wangen und Laetitia eilt weiter, ich verharre einen Augenblick, dann schlage ich die entgegengesetzte Richtung ein, meine Einkäufe kann ich auch nächste Woche noch erledigen.

Wenigstens musiziert heute kein Kind mit blaugefrorenen Fingern vor den Dom-Arkaden, ich spüre mein Herz schlagen vor Erleichterung, vielleicht sitzt es ja warm und geborgen zu Hause, es gibt genug zu essen und heißen Tee, der Vater ist besänftigt von den Weihnachtseinnahmen, ich male mir das Bild aus, so gut ich nur kann.

Auf dem Heimweg schaue ich noch kurz bei Herrn Melchior vorbei, er zeigt mir die Thermoskanne, die ihm seine Tochter geschenkt hat, am Nachmittag des Vierundzwanzigsten ist sie ganz überraschend mit ihrer Familie vorbeigekommen, die Kinder haben mit Anka gespielt, Martin der Schwiegersohn hat vom Nußschnaps gekostet, und die Luise hat selbstgebackene Kekse in die schöne alte Schüssel mit dem Zwiebelmuster geleert. Es war richtig gemütlich, sagt Herr Melchior, die sind so lange geblieben, daß ich mir das Haus in Montevideo erst am nächsten Abend angesehen habe. Und, fragt Herr Melchior, wie haben Sie das Fest verbracht, Agnes?

Es war wunderschön, sage ich und ziehe die Kette hervor, die ich unter dem dicken Winterpullover auf der Haut trage, Herr Melchior bewundert sie ausgiebig. Von Australien erzähle ich ihm nichts.

*

Es ist mir nie zuvor aufgefallen. Simon und ich leben seit fünf Jahren zusammen, aber wir packen unsere Reisetaschen noch immer getrennt. Zwei edle Behältnisse, aus schwarzem Nylon die Tasche meines Mannes, aus dunkelbraunem Leder die meine, mit abgeschabten Kanten.
Ich lege warme Pullover auf seidige Wäsche, zwei Jeans, ein Kostüm aus schwarzem Samt, meinen Schmuck in einer alten Zigarrenkiste. Simon muß geschäftlich nach Straßburg und hat mich gebeten mitzukommen, ich habe nur zu gerne eingewilligt.
Auf der Autobahn fließt der Verkehr so zäh wie erwartet, aber auf den Nebenstraßen, die südwärts den Rhein entlang führen, kommt uns nur selten ein Auto entgegen, der Februar ist kein Monat für Ausflüge an den Fluß. Simon hat eine Kassette eingelegt, ein Klarinettenquintett von Mozart, wir lächeln uns an, und ich streichle seine Wange, in meinem Mund schmeckt es fruchtig, als ob ich gerade an einer Kiwischeibe knabbern würde oder an einem Stückchen frischer Ananas.
Draußen fliegen die kahlen Alleebäume vorüber, die Erde ist braun mit Schneeresten dazwischen, Krähen sitzen wie erstarrt auf einem Mast. Ich denke mir, wieviel lieber mir doch die kalten Monate sind, das Glück ist dann nicht so selbstverständlich wie im August, wenn jeder erwartet, daß man von der Sonne zum Frohsinn bekehrt wird. Schön mit dir, sagt Simon, von dem ich manchesmal denke, daß er meine Gedanken lesen kann, aber tun das nicht alle glücklichen Paare, und ich pflichte ihm bei, mit einem Lidschlag.
Dann sind wir an der Brücke über den Rhein, die Grenzstationen sind leer und verwahrlost, die wenigen Fensterscheiben, die noch nicht zerborsten sind, blind vom Schmutz. Und dann sind wir in Frankreich, ich denke, daß die Luft anders riecht, dabei haben wir

doch die Fenster fest geschlossen, nach frischem Weißbrot und den Gräsern, die die Kanäle säumen.
Die Namen der Orte enden auf -heim und -house, auf -thal und -bourg, die Straßen sind krumm und buckelig, Radfahrer holpern über das Pflaster. Die Dämmerung bricht herein, grau mit einer Ahnung von Rosa, dabei ist doch noch strenger Winter.
Wir kommen jetzt nach Wissembourg, da kenne ich ein phantastisches Restaurant, sagt Simon, ein paar Zimmer haben sie auch, die Betten habe ich zwar noch nicht getestet, aber wir könnten es doch wagen, was meinst du?
Die kleine Stadt liegt da wie die liebevoll gepinselte Kulisse für einen Musketierfilm, gleich wird Jean Marais von einem der Giebel springen, im purpurroten Umhang, und die Schurken verfolgen. Aber niemand versperrt uns den Weg, unbeschadet erreichen wir den »Schwan«. Sanftes Licht fällt aus den Fensterscheiben, wahrscheinlich sitzt Jean Marais schon am Feuer und trinkt heißen Wein mit Gewürzen, der Wirt beobachtet ihn aus den Augenwinkeln, er ist ein Spion Richelieus.
Träumerin, sagt Simon, er hat unsere Kutsche eingeparkt, ein wenig derangiert klettere ich nach draußen.
Du mußt mich die Treppe hochtragen, sage ich zu Simon, als wir an der Rezeption unseren Zimmerschlüssel in Empfang genommen haben, unbedingt, ich bestehe darauf.
Agnes, du liebes bißchen, ich bin ein alter Mann, vergiß das bitte nicht, sagt mein lachender Mann, wir spielen dieses Spiel des öfteren, am Fuß diverser Treppen und Stufen, es ist eines der kleinen Rituale, die doch für jede Beziehung so wichtig sind. Das behauptet jedenfalls Laetitia.
Unser Zimmer ist rundum mit Blümchen tapeziert, an der Tür zum Badezimmer prangt ein Knauf aus Porzel-

lan statt einer Klinke, in einer silbernen Schale rascheln getrocknete Rosenblätter, die noch ganz schwach nach Sommer duften.
Bist du schon sehr hungrig, fragt Simon durch die Türe, ich sterbe fast vor Hunger, rufe ich zurück, dann steht er im Rahmen, er trägt den bernsteinfarbenen Bademantel, Wassertropfen rinnen seine Waden entlang, kein bißchen sage ich und beiße ein wenig in meinen Mann.
Seltsam, wie federleicht dieser Mann doch in meinen Armen wird, nie lastet er schwer auf mir, dabei wiegt Simon fast doppelt soviel wie ich, aber vielleicht ist es ja wirklich wahr, daß die Liebe auf Schwingen trägt. Ich spüre die Spitzenborten der Bettwäsche in meinem Rücken und denke mir, daß wir wohl ein schönes Paar sind, auch in der Umarmung, ein einziges Mal nur würde ich gerne einen Blick auf unsere nackten Körper riskieren, nicht durch einen simplen Spiegel, eher wie ein Spatz im Flug, der auf dem Pflaster ein Korn entdeckt.

*

Eine Stunde später betreten wir das Restaurant, mir ist schon ganz schwindlig vor Hunger, der Chef de service kommt auf uns zu und führt uns zu einem Tisch, der ein wenig erhöht auf einem Podest steht, zur Linken ein Fenster mit schweren Vorhängen, zur Rechten eine Anrichte, auf der dunkle Kognakflaschen aufgereiht sind.
Die Speisekarte ist fast so groß wie ein Atlas, mit schwarzer Tinte sind die Gerichte aufgelistet, zum Glück zweisprachig, wie im Elsaß üblich, manche Kreationen sind schon auf deutsch schwer verständlich genug.
Simon bestellt zwei trockene Sherry, der Wirt eilt herbei und begrüßt ihn überschwenglich, dann wird meine

Hand geküßt, nur angedeutet, wie es sich gehört, enchanté, Madame.
Zu Beginn unserer Beziehung habe ich diese Galanterien sehr genossen, jetzt machen sie mich manchmal müde, mehr als einmal habe ich miterlebt, wie das lachende Gesicht eines Restaurantbesitzers oder Hoteliers jäh zur eisigen Maske gefror, so doch nicht, du ungeschickter Tölpel, und der Kellnerlehrling wird in die Küche zurückgescheucht, mit einer einzigen Handbewegung, dorthin, wo im grellen Neonlicht gebraten und gesotten wird, auf daß es uns hier im Kerzenlicht munden möge.
Agnes, die Rächerin der Enterbten und Rechtlosen, hat Simon zu Beginn unserer Beziehung gerne gescherzt, jetzt machen ihn meine unausgesprochenen Hinweise manchmal müde, ich merke es wohl und lächle den Besitzer des »Schwan« strahlend an, vielleicht trägt er ja seine Küchengehilfen auf Händen, wer weiß, vielleicht gibt es keinen besseren Arbeitsplatz auf der ganzen Welt als die Küche des »Schwan«, man sollte nicht immer gleich das Schlechteste annehmen.
Monsieur empfiehlt das Kaninchen und die Seezunge, natürlich die berühmte Entenbrust des Hauses, Simon nickt zustimmend, ich entscheide mich für den Fisch, das erscheint mir am verträglichsten um neun Uhr abends.
Das Essen ist vorzüglich, wir reden wenig, aber lächeln viel, Simon sitzt mir gegenüber, so prächtig und stattlich, so passend in diesem Ambiente aus dunklem Holz und schweren Samtvorhängen, ein Plisseekragen würde ihm wohl zu Gesichte stehen, der Weinhändler und seine Frau, denke ich, Bildnis eines unbekannten Malers aus dem sechzehnten Jahrhundert, wir sehen beide den Betrachter an, unsere Hände berühren sich nicht.

*

In Straßburg bin ich stets in Gefahr, mir den Hals zu brechen, so laufe ich durch die Stadt, mit hochgerecktem Kinn, und bewundere die unglaublichen Dächer der Fachwerksbauten. Wie sanft geschwungene Zeltplanen bedecken sie die Häuser, dabei sind sie doch aus roten Ziegeln, mit Giebeln und Zinnen, ein Paradies für die Taubenvölker, deren Flügelschlag nie zu verstummen scheint.
Der Februar hat alles Putzige und Niedliche aus der Altstadt gescheucht, das Geschäft mit dem Mittelalter ruht bis zum Frühling, die windschiefen Häuser an den Kanälen haben kurzfristig ihre Würde wiedergewonnen. Keine Jogginganzüge drängen sich vor dem Münster, der Platz ist leergefegt vom eisigkalten Wind, auf solchen Plätzen haben die Scheiterhaufen gebrannt, ich stehe auf den Stufen zum Dom und denke mir, daß ich wohl eine gute Hexe abgegeben hätte, eine, die lieber für sich ist und gerne über Friedhöfe spaziert, das wäre dem Inquisitor wohl nicht entgangen, aber er hätte die Rechnung ohne Simon gemacht, den einflußreichen Ratsherrn, meinen Gatten, Simon hätte mich gerettet, gewiß. Ich lächle dem japanischen Pärchen zu, das gerade aus dem Portal tritt, ein wenig irritiert lächeln beide zurück, wir verbeugen uns gegenseitig, die Frau kichert verschämt, der Mann hält seine Kamera fest.
Später entdecke ich eine kleine Weinstube, am Ende des langen schmalen Raumes brennt ein offenes Feuer, an den Wänden stehen Holzbänke und Tische, ich bin der einzige Gast. Der Wirt bringt mir ein Glas Punsch, so heiß, daß ich kaum das Glas zu halten vermag. Dann erscheint er wieder und stellt einen Teller vor mich hin, goûtez, kosten Sie, fordert er mich auf, es ist ein warmer Kuchen, gefüllt mit Speck und Zwiebeln, mit einer Kruste aus geschmolzenem Käse. Ich lächle ihn an, dankend und anerkennend, plötzlich

fällt mir Herr Melchior ein, der süßen Moselwein ins Kraut gießt, der Kuchen würde ihm wohl schmekken.

*

Am Abend treffe ich Simon wieder, der mit seinen Lieferanten aus dem Elsaß mehrere Großaufträge für das kommende Jahr vereinbart hat, die Zeiten werden härter, sagt Simon, er sitzt auf dem Bett und läßt die Schultern hängen. Ich setze mich zu ihm und massiere seinen Nacken, laß uns hierbleiben, sage ich, wir können uns eine Kleinigkeit aufs Zimmer kommen lassen und einfach gemütlich lesen und Musik hören, wie ein altes Ehepaar.
Liebend gern, sagt Simon und seufzt und reibt sich die Augen, aber es ist unmöglich, wir sind doch mit den Dubois zum Abendessen verabredet, du weißt doch, Jean-Luc und Sylvie, die sind einfach zu wichtig fürs Geschäft, da müssen wir durch, Agnes.
Simon rasiert sich und zieht ein frisches Hemd an, ich steige in das Kostüm aus schwarzem Samt und lege eine Perlenkette um meinen Hals.
Das Anwesen der Dubois liegt eine Viertelstunde südlich von Straßburg, diskret hinter Hecken versteckt, unser Wagen rollt auf knirschendem Kies aus. Wir lächeln uns an, Simon drückt meine Hand, ein letzter Moment der Vertrautheit, ehe wir uns aufs gesellschaftliche Parkett dieser Abendeinladung begeben, für glückliche Paare gilt eine besondere Etikette, glückliche Paare stehen unter strenger Beobachtung, ich bin dann oft ungewollt kratzbürstig zu Simon, der mich mit einem Lächeln beschämt.
Jean-Luc Dubois sieht am allerbesten in Gummistiefeln aus, wenn er durch seine Weinberge stapft, Gäste haben stets Mühe mitzuhalten. Im Abendanzug sieht

er am zweitbesten aus, ein schlanker Mann mit dunklem Teint, so groß, daß er immer ein wenig gebückt steht, es verleiht ihm ein Flair von lässiger Schlaksigkeit. Sylvie neben ihm wirkt klein und zierlich, dabei ist sie fast so groß wie ich, sie trägt Abendschuhe mit sektglashohen Absätzen, fasziniert sehe ich ihr zu, wie sie uns voranstöckelt.
Wir sind die einzigen Gäste, ich stelle es mit einem unhörbaren Seufzer der Erleichterung fest, die hohlsten Köpfe reden am meisten, das klingt nach einem trivialen Vorurteil, aber nach tausend Einladungen halte ich es für eine Erkenntnis.
Wir sitzen in der Wohnlandschaft vor dem offenen Kamin, wie vier Gullivers im Land der Riesen, die Rückenlehne ist so weit entfernt, daß eine bequeme Haltung unmöglich ist, am besten hält man sich an seinem Glas fest, und plaudern locker kreuz und quer, die Unterhaltung ein Knäuel, das wir uns spielerisch zuwerfen, das Wetter, der Urlaub, gemeinsame Freunde, Sylvie hält die Fäden fest im Griff.
Maria, das portugiesische Mädchen, erscheint und flüstert kurz in Madames Ohr, es ist serviert, wir stellen unsere Gläser ab und wechseln an den runden Tisch aus dunklem polierten Holz, statt einer Decke liegen Sets aus altem Leinen auf jedem Platz, die Servietten sind kunstvoll gefältelt, Kerzenlicht bringt Gläser und Besteck zum Funkeln.
Zum Auftakt eine Leberterrine mit Preiselbeeren und Orangenspalten, dazu ein kräftiger Weißburgunder aus deutschen Landen, eine kleine Verbeugung der Dubois vor ihren Gästen, die Männer schmecken mit Kennermiene. Sylvie Dubois lächelt mir zu, verschwörerisch, so sind sie eben, wie kleine Jungen, man muß sie nur richtig zu nehmen wissen, dann ist die Ehe ein Kinderspiel. Ich lächle zurück, worüber werde ich mich bloß mit Sylvie unterhalten, wenn die Männer

bei ihrem liebsten Thema, dem Wein, und ihrem zweitliebsten Thema, dem Galopprennen, angelangt sind, aber noch ist es nicht soweit, Jean-Luc ist ein wirklich zuvorkommender Gastgeber, er wendet mir seine ganze Aufmerksamkeit zu, vorsichtshalber lasse ich mein letztes Stück Terrine in halber Höhe zum Mund verharren.

Simon hat mir erzählt, daß Sie demnächst nach Warschau reisen, um dort eine Madonna zu restaurieren. Das muß ein interessanter Beruf sein, für eine Frau.

Ich blicke auf Simon, der sich gerade den Mund mit seiner Serviette abtupft. Es ist nicht Warschau, sondern St. Petersburg, sage ich freundlich, wir arbeiten im Team an der Restaurierung einer Kapelle, soviel ich weiß, werde ich die einzige Frau sein.

Ach ja, sehr interessant, sagt Jean-Luc Dubois, hoffentlich finden Sie die Terrine nicht ein wenig zu intensiv, da ist Maria wohl zu großzügig mit dem Thymian umgegangen.

Kein bißchen, sagt Simon, eine wirklich gelungene Komposition, und der Burgunder dazu, Kompliment, er prostet Sylvie zu, ich erhebe mein Glas ebenfalls, in Richtung Küche, aber das fällt nicht weiter auf.

Der Rotwein zum Hauptgang wartet bereits in einer Karaffe auf einem Serviertischchen, ahhh, macht Simon und hält sein Glas gegen das Licht, bevor er den ersten Schluck probiert, Jean-Luc Dubois sieht meinem Mann erwartungsvoll dabei zu.

Wie sehr ich Sie um Ihre Reisen beneide, sagt Sylvie zu mir, sie reicht mir eine Platte mit allerlei Gemüse, Möhrchen und Zuckerschoten, die glänzen wie lackiert, Maria hat jedem von uns ein Stück knusprig gebratene Lammkeule auf den Teller gelegt, es duftet nach Rosmarin und ganz schwach nach Knoblauch.

Ja, sage ich, obwohl, man verbringt die meiste Zeit am Arbeitsplatz, egal ob in einer Kirche oder in einem Mu-

seum, meist ist man dann am Abend viel zu müde, um sich noch viel anzuschauen.
In St. Petersburg soll man ja phantastisch einkaufen können, informiert mich Sylvie Dubois, natürlich keine Mode, sie lächelt wie über ein gelungenes Bonmot, aber gerade alte Gemälde und Ikonen sollen unglaublich günstig sein, eine Freundin hat es mir erzählt, natürlich muß man Wege kennen, um am Zoll vorbeizukommen, aber für westliche Währung tun diese Menschen ja alles, es ist einfach schrecklich, die armen Leute.
Was ist schrecklich, Liebes, fragt Jean-Luc ein wenig irritiert, ach nichts, Lieber, zwitschert Sylvie, Agnes und ich, wir unterhalten uns nur über Rußland, Marie, Sie können abräumen.
Der Rotwein ist exzellent, ein Grand Cru aus Saint-Emilion, nur sein Nachgeschmack ist ein wenig bitter, fast metallisch, als ob man auf einen Schlüssel gebissen hätte, Jean-Luc füllt unsere Gläser voll.
Maria erscheint im Türrahmen, mit einer Glasschüssel, in der bläuliche Flämmchen züngeln, Himbeeren, mit Eau de vie flambiert, Sylvie nimmt unsere Komplimente huldvoll entgegen.
Nach dem Essen gruppieren wir uns wieder vor dem Kamin, die Männer in ein angeregtes Gespräch vertieft, Sylvie und ich plaudern ganz reizend, manchesmal denke ich, daß mir die Welt der Paare immer ein fremder Kontinent sein wird, und dann ist der Moment auch schon vorüber, entschlossen lächle ich Sylvie an.
Sylvie lächelt nicht zurück, ihr Gesicht ist seltsam angestrengt, offenbar hört sie Jean-Luc und Simon zu, die mit geröteten Gesichtern gerade in dröhnendes Gelächter ausbrechen, ein Wetterumschwung kündigt sich an, gleich wird es hageln, und keiner von uns hat einen Schirm dabei, ich versuche Simons Blick zu erhaschen, aber mein Mann ist weit weg.

Ach, nach Genf mußt du also wieder, zischt Sylvie gerade mit schmalen Lippen, ich habe gedacht, diese Art von Geschäftsreisen hätten ein Ende, das war doch ausgemacht, oder irre ich mich?
Du irrst ganz und gar nicht, mein Liebling, Jean-Luc Dubois spricht zu seiner Frau wie ein berühmter Hypnotiseur, der vor einer erlauchten Klientel eine Probe seines Könnens abliefert, so beruhige dich doch, ich bitte dich, und Jean-Luc Dubois blickt seiner Frau intensiv in die Augen, gleich wird sie aufstehen und starr durchs Zimmer wandeln, dazu ihr Rotweinglas auf dem Kopf balancieren, aber Sylvie Dubois denkt gar nicht daran, mit mir nicht, schreit sie und springt auf, Simon versucht sie am Arm zu fassen, aber sie schüttelt ihn ab, fiche ta gueule, halts Maul, schreit Sylvie jetzt ihren Mann an, dabei hat der doch gar nichts mehr gesagt, dann verläßt sie den Raum, wie eine Unwetterfront, wir starren ihr nach.
Aber Sylvie gibt noch den allerletzten Akt im Türrahmen, du kannst die Scheidung haben, wenn du willst, dann tritt sie endgültig ab, dafür erscheint Maria, sie trägt ein Schale mit Weintrauben und wirkt nur mäßig beeindruckt.
Die beiden Männer sehen mich an, benommen, ein wenig schafsäugig, jetzt ist offenbar die Frau als Krankenschwester gefragt, ich stehe auf und hole die nächstbeste Flasche, die auf dem Serviertischchen bereitsteht, und gieße drei Gläser voll.
Jean-Luc blickt zu Simon, Simon erhebt sein Glas, dann leeren die beiden Männer ihren Whiskey mit einem Zug, für einen Moment kommen sie mir vor wie zwei Komplizen, ihr müßt entschuldigen, sagt Jean-Luc, es ist mir furchtbar unangenehm, daß ihr diese Szene miterleben mußtet, aber er wirkt fast ein wenig kokett dabei, als ob er geschmeichelt wäre, im Mittelpunkt eines solchen Skandals zu stehen.

Schon vergessen, sagt Simon, nicht wahr Agnes, endlich blickt er mich an, ich habe das Gefühl, zum erstenmal an diesem Abend, ich raffe mich zu einem vagen Kopfnicken auf.

Nach so vielen Jahren, es ist einfach eine Schande, sagt Jean-Luc gerade, sie nimmt immer alles so schwer, dabei gehört uns doch alles gemeinsam, Jean-Luc macht eine fahrige Handbewegung, die offenbar dieses alles umfaßt und einschließt, unsere Runde, den Raum, Maria, das Haus, den Garten, die Weinberge, ja, so ein Besitz schweißt zusammen, da könnte Sylvie ruhig ein wenig toleranter sein.

Die Männer schweigen, ich fühle mich unbehaglich. Simon sieht mich an, ich vermeine eine Aufforderung in seinen Augen zu lesen, so kümmere dich doch ein wenig um Sylvie, Agnes, aber ich habe wenig Lust, eine verheulte Sylvie zu trösten, eigensinnig bleibe ich sitzen und überhöre die beredten Blicke meines Mannes.

Wir trinken noch ein, zwei Gläser, der fünfzehn Jahre alte Malt brennt in meiner Kehle, dann steht Simon auf, Zeit zu gehen, Jean-Luc sieht nicht so aus, als ob er gerne alleine mit Sylvie und Maria zurückbliebe, aber er bringt uns ohne Einwände zur Türe, ganz gewandter Gastgeber, die Männer halten sich an den Händen und klopfen sich auf die Schultern, wie zwei Staatsmänner, die mitten in schwierigsten Verhandlungen stecken, aber gewillt sind, alles zu einem guten Ende zu bringen. Mich küßt Jean-Luc auf beide Wangen, eine neue Vertraulichkeit zwischen uns, aber nach diesem Abend erscheint sie wohl angemessen.

Armes Schwein, sagt Simon, als wir über knirschenden Kies zu unserem Wagen gehen, wen meint er jetzt bloß, Sylvie die Betrogene oder Jean-Luc den Ertappten, ich frage ihn besser nicht. Im Wageninneren ist es eisigkalt, Simon legt seinen Arm um meine Schultern

und zieht mich an sich, nicht wahr, Agnes, solch ein Elend wird es zwischen uns niemals geben, so eine Szene ersparst du mir doch?
Ich nicke und wünsche mir bloß, daß Simon endlich die Heizung anstellen möge, die Kälte ist heute abend nicht meine Verbündete, Simon läßt von mir ab, mit einem kleinen Seufzen, und startet den Wagen, endlich fahren wir ins Hotel zurück.

*

Zwei Tage verbringen wir noch im Elsaß, kurven gemächlich durch die winterhelle Landschaft, am späten Vormittag bricht schon ein wenig die Sonne durch die milchigweiße Wolkendecke und verspricht, daß auch in diesem Jahr wieder ein Frühling kommen wird.
Simon besucht alte Geschäftsfreunde und knüpft neue Kontakte, ich laufe derweil durch die Dörfer und kleinen Städte, einmal gibt es Markttag, ich kaufe einen Ziegenmilchkäse, der überwältigend riecht, und eine braunglasierte Steingutschüssel für unsere Küche, ich habe vor, sie an einem Haken zwischen dem getrockneten Lavendel aufzuhängen, zum Kochen eignet sie sich sowieso nicht.
Am Abend essen wir in Gasthöfen, die an der Straße liegen, die Nächte verbringen wir in Betten, in denen man leise und zärtlich miteinander umgehen muß, bei heftigen Bewegungen ächzt das Fachwerk bedenklich.
Schön mit dir, sagt Simon, als wir uns am späten Nachmittag des letzten Tages wieder der Rheinbrücke nähern, drüben liegt Deutschland, wir sehen uns an, dann muß sich Simon wieder auf die Straße konzentrieren, von den Dubois sprechen wir nicht.

*

Die Reise nach St. Petersburg rückt näher, ich stöbere in Buchhandlungen und Bibliotheken. Die Autoren in den Reiseführern schwärmen vom Zwielicht der Weißen Nächte im Sommer, wenn es nie ganz dunkel wird hoch droben im Norden, dann vermischt sich das silbrige Blau des Himmels mit dem Silbergrau des Flusses Newa, so schreiben sie, und die Zeit steht still.
Die Yanovka-Kapelle liegt auf dem rechten Ufer der Newa, sie ist auf keinem Plan eingezeichnet, so klein und unbedeutend ist sie wohl in dieser Stadt der Paläste und Kathedralen, auf manchen Bildern vermag man kaum zu unterscheiden, ob es Eis oder Marmor ist, was ihre Fassaden im Winter so prächtig ziert.
Ich denke mir, daß die Farben dieser Stadt fast unwirklich sein müssen, das blasse Grün der Eremitage, das Blutrot der Paläste am Fontanka-Kanal, das funkelnde Gold der Gitterzäune, die die Parks umgrenzen. Tausende Menschen sind in den Sümpfen umgekommen, als sich Peter der Große vor fast vierhundert Jahren den Traum von einer Stadt aus Stein am Finnischen Meerbusen erfüllte. Die hölzernen Hütten und Lagerhäuser sind verschwunden, nur das allererste Haus der Zaren ist erhalten geblieben, es kann nur wenige Minuten zu Fuß von der Yanovka-Kapelle entfernt sein, die Straßen in diesem Viertel tragen noch die Namen der alten Dörfer, ich fahre die Rybatskaya mit dem Finger entlang.
Simon schaut mir nicht zu, wenn ich über den Karten brüte, er blättert geschäftig in seinen eigenen Unterlagen und sagt kein Wort, ich räuspere mich entschlossen. Die Blockade von Leningrad im Zweiten Weltkrieg muß einfach unglaublich gewesen sein, sage ich, kannst du dir vorstellen, daß die Menschen in eisiger Kälte durch die Eremitage gewandert sind, obwohl man die Gemälde in Sicherheit gebracht hatte, es hat

regelrechte Führungen gegeben, die Angestellten haben vor den kahlen Wänden von den Farben erzählt, dazu waren sie alle halbtot vor Hunger, das ist gerade mal fünfzig Jahre her.
Ja, sagt Simon, ich habe davon gehört, dieses St. Petersburg muß eine faszinierende Stadt sein, der Satz klingt aus ohne Punkt und Komma, es hängt eher ein Fragezeichen in der Luft, wie lange wirst du weg sein, soll ich dich besuchen kommen, wir sind doch beide erwachsen und keine Kinder mehr, dann senken wir wieder die Köpfe über unsere Bücher.
Simon steht auf und geht in Richtung Küche, ich hole mir etwas zu trinken, soll ich dir auch etwas mitbringen, nein danke, sage ich, ich höre Simon mit Gläsern klappern und Wasser rauschen, dann kommt er zurück. Aber er geht nicht zu seinen Büchern, er setzt sich neben mich und streicht über meinen Nacken, dann beugt er sich über mich, und wir küssen uns, ganz unvermutet, sein Mund ist kühl und frisch vom Wasser, seine Wange kratzt auf meiner Haut, es ist schon abends.
Dann müssen wir beide Luft holen, wir sind ein wenig verlegen, du könntest doch einen Handel mit russischen Weinen beginnen, sage ich, Wein aus St. Petersburg, das wäre einmal etwas anderes, Simon lacht, endlich, und zerzaust mein Haar.
In der Nacht wache ich auf, im Zimmer ist es ganz still, warm und geborgen liege ich da und schmiege mein Gesicht an den breiten Rücken meines Mannes, vorsichtig, um ihn nicht zu wecken. Kannst du auch nicht schlafen, sagt Simon, ich erschrecke fast, seine Stimme klingt so klar, als ob er schon lange wach gelegen hätte.

*

Ich sitze vor einem Kalbsschnitzel in Zitronenweißweinsauce und komme mir fast gefräßig vor, wenigstens gegenüber von Elvira Mertens, die beiläufig in ihrem Salat herumstochert, gerade schiebt sie eine Cocktailtomate zur Seite und arrangiert die Ruccolablätter neu.
Vielleicht sollte sie mir ja auch leid tun, Elvira Mertens kann es sich einfach nicht erlauben, in der Öffentlichkeit mit einem dampfenden Gänsebraten erwischt zu werden, jeder kennt ihr Antlitz, Elvira Mertens im Khakiensemble, umgeben von Menschen mit aufgeblähten Bäuchen, Elvira Mertens unterm Tropenhelm, die sich über eine geschwächte alte Frau beugt, Elvira Mertens im schulterfreien Abendkleid, die gerade tief bewegt einen Scheck für hungernde Kinder im Kongodelta entgegennimmt. Hier und jetzt sitzt sie mir als Präsidiumsmitglied der »Stiftung zur Erhaltung osteuropäischer Kulturdenkmäler« gegenüber, in einem dezenten kleinen Kostüm, mit einer dezenten kleinen Halskette, von der ihre Finger nicht lassen können.
Sie müssen entschuldigen, sagt Elvira Mertens und streut Baguettekrümel über ihren Salat, ich bin noch ein wenig erschöpft von gestern abend, Sie werden es vielleicht gelesen oder im Fernsehen gesehen haben, es gab diese große alljährliche Gala für leukämiekranke Kinder in der Ukraine, über tausend Gäste waren da, allerfeinste Gesellschaft, wir können wirklich stolz sein auf unser Land, die Leute kommen in Scharen, am Ende durfte ich dem ukrainischen Gesandten einen Scheck über fünfzigtausend Mark überreichen.
Fünfzig Mark pro Kopf, das ist wirklich beeindruckend, sage ich, ich habe die Bilder gesehen, noch gestern abend in den Spätnachrichten, die Abendkleider waren ja sagenhaft, und wie die Herzogin von Lippstedt mit dem Sektkübel an den Tischen abkassiert hat, war

dieses Collier eigentlich echt, oder trägt man zu solchen Veranstaltungen eher das Imitat?
Wir sehen uns an, St. Petersburg ade, denke ich mir, aber vielleicht brauchen sie im Stadtmuseum eine Restauratorin, wenigstens aushilfsweise.
Die Frau mir gegenüber hat aufgehört, an ihrem Salat zu modellieren, sie sieht mich an, ziemlich mokant.
Ja, sagt Elvira Mertens, man hat mir schon von Ihnen erzählt, Sie sind die Frau von diesem Weinhändler, nicht wahr, da leben Sie auch nicht nur von Schwarzbrot, denke ich mir. Außerdem, und die Frau mir gegenüber spießt plötzlich und unerwartet eine Cocktailtomate auf ihre Gabel, außerdem sind fünfzigtausend immer noch besser als gar nichts, da stimmen Sie mir doch wohl zu, heutzutage muß man schon froh sein, wenn diese Schnösel überhaupt ihr Portemonnaie aufkriegen, die Zeiten werden härter, glauben Sie mir.
Und Elvira Mertens ißt ihre Cocktailtomate sogar, mitsamt zwei Baguettekrümeln und einem rosa Pfefferkorn.
Wir schauen ein wenig zum Fenster hinaus, ein Kellner erscheint und räumt unsere Teller ab, dann reden wir über St. Petersburg, ich erzähle Elvira Mertens von den Problemen, die ich während der Instandsetzung des Mauerwerks der Yanovka-Kapelle erwarte, es könnte viel länger dauern und viel teurer werden als geplant, Elvira Mertens macht sich Notizen auf einem Schreibblock, den sie aus ihrer Handtasche aus schwarzem Lackleder gekramt hat.
Machen Sie sich keine Sorgen, sagt Elvira Mertens, dieses Projekt ist finanziell abgesichert, ich kenne da ein paar russische Exilanten in der Schweiz und in New York, die kann ich immer noch anpumpen, sie lächelt und entblößt spitze kleine Eckzähne, wenn ich nicht aufpasse, dann wird sie mir noch sympathisch.
Wir trinken sogar noch zwei Irish Coffee zusammen,

die Frau mir gegenüber löffelt genießerisch ihr Sahnehäubchen. Ich denke mir, daß Elvira Mertens eine gute Hexe abgegeben hätte, auf den zweiten Blick.

*

Dann stehen wir in der Abflughalle, wir tun sehr geschäftig, Simon besorgt mir noch Zeitungen und Magazine, Pralinen, ein Päckchen Papiertaschentücher, ich verstaue alles in meiner Handtasche wie einen kostbaren Schatz, den es durchs wilde Belutschistan zu schmuggeln gilt.
Simon sieht einfach betörend aus, seine Stirn und Wangen sind zart gebräunt, er duftet nach zitronigem Rasierwasser, ich denke, daß ich verrückt sein muß, mich von diesem Mann zu trennen. Simon hat meinen Arm gepackt, daß es fast schmerzt, es ist ja nicht für immer, sage ich, nur ein zwei Monate, du kommst mich besuchen, und wir bummeln durch die Eremitage und die Newa entlang, in der Nacht gehen die Brücken hoch, hast du das gewußt, wenn man dann auf der falschen Seite ist, muß man bis zum Morgengrauen auf der Uferpromenade ausharren und Wodka trinken und sich küssen, was hältst du davon?
Mein Mann gibt keine Antwort, aber er beugt sich über mich und küßt meine Schläfen, meine Augenbrauen, meine Nasenflügel, meine Mundwinkel, ganz zum Schluß meinen Mund, kann man vom Küssen eigentlich einen Hörsturz bekommen, dann läßt er mich los, und ich gehe durch die Sperre, es rauscht und braust in meinen Ohren, dabei bin ich noch nicht einmal in der Luft.

2

Das ist Mama, sagt Irina und legt ihre Hände auf die Schultern einer zerbrechlichen kleinen Frau, die sich schwer auf einen Stock stützt. Irinas Mutter trägt ein Hauskleid aus gepunktetem Nylon, das über den Hüften und der Brust schon ganz fadenscheinig schimmert. Sie streckt mir ihre Hand entgegen, vorsichtig, um nicht das Gleichgewicht zu verlieren, die Hand ist kühl und rauh, wie ein poröser Stein, den Dutzende von Jahren die Brandung umspült hat.

Das ist unsere Wohnung, sagt Irina und deutet rund um sich, die Bewegung umschließt das Zimmer, in dem wir stehen, einen Tisch mit vier Stühlen auf gelblichen Dielenbrettern, eine Vitrine, die vollgestellt ist mit Geschirr und Gläsern, einen Vorhang aus schwerem grünen Stoff, der ungefähr ein Drittel des Raumes abteilt. Das ist unser Schlafzimmer, sagt Irina, die meinem Blick quer durch ihr Zuhause gefolgt ist, sie sagt es mit größtmöglicher Selbstverständlichkeit, die Mutter steht zwischen uns und lächelt dem Gast höflich zu.

Bitte, sagt Irina und weist auf den Tisch, wir nehmen Platz, der Sessel rechts von mir bleibt frei. Irina, die seit zwei Wochen jeden Tag nur wenige Meter von mir entfernt in der Yanovka-Kapelle quadratmillimeterweise Schimmel und Staub von den Wänden schabt, Irina öffnet die Vitrine und balanciert vorsichtig drei Teetassen, drei Glasteller und eine Zuckerdose in Rich-

tung Tisch. Es ist Sonntag nachmittag in St. Petersburg, Irina hat mich zu sich nach Hause eingeladen.
Dann verschwindet sie in der Küche, um den Tee zu holen, die Mutter und ich bleiben zurück, wir lächeln uns an und nicken uns zu, Sonnenstrahlen fallen durch die gehäkelten Viadukte der weißen Gardinen.
Irina kehrt zurück, in der linken Hand trägt sie eine Teekanne, aus deren Schnabel es dampft, in der rechten Hand eine geschliffene Glasschale mit Keksen. Irina, die mit ihrer Mutter in diesem Zimmer in einer ehemals herrschaftlichen Wohnung am Fontanka-Kanal in St. Petersburg lebt, Irina schenkt mir Tee ein, die Mutter legt zwei Kekse auf meinen Glasteller. Bitte zu nehmen, sagt Irina, die in Dresden studiert hat, und ich beiße in einen Keks, koste einen Schluck vom glühendheißen süßen Tee.
Wir essen und trinken, plaudern angeregt. Irinas Mutter hat sich vorgebeugt in meine Richtung und redet schon seit Minuten auf mich ein, sie spricht deutlich akzentuiert und voll Nachdruck, wie Leute auf der Straße es tun, wenn sie vermeintlichen Fremden den Weg erklären. Ich könnte ihr stundenlang zuhören, Irina beobachtet uns, anfangs ein wenig besorgt, dann amüsiert, ich nicke zu den Ausführungen ihrer Mutter, hoffentlich an den richtigen Stellen.
Dann sind unsere Tassen leergetrunken, die Mutter steht auf und klopft sich die Kekskrümel von der Schürze, ich schüttle vorsichtig ihre Hand zum Abschied. Mutter und Tochter wechseln ein paar Worte, dann verschwindet die alte Frau hinter dem Vorhang, der das Zimmer teilt, ich erhasche einen Blick auf Bettpfosten und einen Schrank, auf dem sich Koffer und Kompottgläser bis zur Decke türmen.
Meine Mutter wird jetzt schlafen, sagt Irina, wenn Sie es mögen, dann können wir uns noch ein wenig in die Küche setzen.

Wir gehen durch einen langen dunklen Flur, der Bodenbelag ist abgetreten und voller Sprünge, Putz rieselt von den Wänden, vorbei an geschlossenen Flügeltüren, die Wohnung muß riesig sein, an der Decke sind die Reste von Stuckverzierungen zu erahnen. In der Küche stehen zwei Herde mit Gasflammen nebeneinander, zwei uralte Eiskästen stehen sich gegenüber, dazwischen bilden grüngestrichene Holzregale eine Art von Anrichte. Alle Schranktüren und Laden in diesem Raum sind mit rostigen Schlössern und Ketten abgesichert, wie im Schließfachkeller einer Bank.
Bitte, sagt Irina und deutet auf den Tisch und die zwei Stühle, die vor dem Fenster stehen. Sie füllt einen Kessel mit Wasser, zündet die Gasflamme auf dem blankgeputzten Herd an, sein Nachbar ist mit Fettspritzern und Speiseresten verkrustet, sperrt eine dunkelgrün gestrichene Tür der Anrichte auf und greift nach zwei Bechern sowie einem Aschenbecher aus rosaschimmerndem Porzellan, kramt eine Schachtel mit Teebeuteln und zwei Löffel hervor und stellt alles auf den Tisch.
Plötzlich wirkt Irina unendlich müde, so als ob sie nicht bloß ein paar Handgriffe in einer Küche verrichtet hätte, sondern als ob sie sich durch eine endlose Ebene geschleppt hätte, mit letzter Kraft. Das hier ist eine Kommunalka, sagt Irina, und deutet vage um sich, in dieser Wohnung wohnen drei Familien, ein junges Ehepaar, Mama und ich, wir teilen uns alles, die Küche, das Bad und die Toilette, es ist nicht immer leicht.
Irina, die ungefähr so alt ist wie ich, mit blaßblonden Augenbrauen in einem Gesicht wie Milch und Honig, mit stets untadeligen Blusenkrägen und einer kleinen Uhr am Handgelenk als einzigem Schmuck, Irina sieht mich an, ich denke mir, daß das Elend nicht immer in Lumpen daherkommen muß, manche von uns haben

Pech, sie leben mit ihrer Mutter in einer Gemeinschaftswohnung am Fontanka-Kanal, manche von uns haben Glück, sie leben mit Simon in einem Penthouse am Rhein.

Gibt es solche Wohnungen auch in Deutschland, fragt Irina, bei Ihnen war doch auch Krieg, oder wohnen Sie alleine, sie fragt es mit einer Sehnsucht, die fast hungrig klingt.

Ich wohne mit meinem Mann in einer Wohnung, sage ich, ich muß an die Oleanderbäume auf unserer Terrasse denken, die jedes Jahr im Frühjahr weiß und zartrosa blühen, ich fege ihre Blätter dann immer sorgsam zusammen, um die Nachbarn nicht zu behelligen.

Irina steht auf und gießt kochendes Wasser über unsere Teebeutel, dann setzt sie sich wieder zu mir, sie zaubert eine zerknautschte Packung hervor und bietet mir eine Zigarette an.

Irgendwann habe ich mit dem Rauchen aufgehört, aber lieber riskiere ich auf der Stelle Lungenkrebs, als Irinas Angebot dankend abzulehnen. Wir rauchen schweigend, die Zigarette schmeckt, als ob eine ganze Stange Gauloises ohne Filter zu einem einzigen tiefen Lungenzug komprimiert worden wäre.

Haben Sie nie geheiratet, frage ich, Irina hat es nicht verdient, daß wir um den heißen Brei herumreden, mit billigem Trost über ihre Situation mag ich sie nicht behelligen.

Die Frau mir gegenüber schüttelt den Kopf, sie sieht zum Fenster hinaus, die Fassaden der morschen Paläste spiegeln sich im Wasser des Kanals.

Nein, sagt Irina, einmal beinahe, aber dann ist es im letzten Moment auseinandergebrochen. Es ist hier alles ein wenig kompliziert, wissen Sie, man kann nicht einfach zusammenleben, es gibt viel zu wenig Wohnraum, die meisten Paare sind schon froh über ein eigenes Zimmer bei den Eltern oder Schwiegerel-

tern, und dann war da auch noch meine Mutter, ich hätte sie nicht allein gelassen, er ist dann nach Kirow gezogen, man hat ihm dort eine Stellung an der Hochschule angeboten, aber das ist schon Jahre her.
Jetzt, sagt Irina, gibt es ab und zu jemanden. Er arbeitet in der Stadtverwaltung, er ist verheiratet, aber solche Verhältnisse gibt es hier viele, alle zwei Wochen besuche ich ihn in seinem Büro, am Freitag, wenn alle anderen nach Hause gehen, wir sind dann ganz alleine, niemand stört uns.
Wissen Sie, sagt Irina, früher war es oft schlimm, besonders am Sonntag, da vergehen die Minuten nicht, aber jetzt bin ich fast nicht mehr traurig. Die Männer hier trinken sehr viel, meine Freundinnen, die verheiratet sind, haben oft Probleme, das ist völlig normal. Vielleicht habe ich ja sogar Glück gehabt.
Irina blickt auf die kleine Armbanduhr an ihrem Handgelenk. Wahrscheinlich wird es in dieser Küche nicht mehr allzu lange ruhig bleiben, das Abendessen für drei Familien, ein junges Ehepaar, für Irina und ihre Mutter muß gekocht werden.
Wie lange werden Sie bei uns bleiben, fragt Irina, als wir aufstehen. Schwer zu sagen, antworte ich, aber sehr wahrscheinlich länger als geplant, bis zum Sommer, denke ich.
Irina bringt mich zur Türe, ich müßte so furchtbar dringend aufs Klo, aber ich mag ihr nicht zumuten, daß sie mir auch noch das Badezimmer zeigen muß.
Zum Glück ist es nicht weit bis zu meinem Hotel, ich muß nur den Newski-Prospekt überqueren, die Prachtstraße von St. Petersburg, Menschentrauben hängen vor den Theaterkassen, zweimal links ums Eck und ich bin im Hotel »Puschkin«, der Teppichboden im Foyer dämpft jeden noch so eiligen Schritt zu gemessenem Schreiten, der Liftboy verneigt sich lächelnd.
Die Toilette meiner Suite ist auf drei Seiten verspiegelt,

die Klobrille ist aus glattem warmen Holz, in einem messingfarbenen Ring neben dem Waschbecken hängt ein flauschiges Frotteetüchlein. Nur eine Armlänge von meinem Thron entfernt ist ein Telephon an der Wand befestigt, ich könnte Simon anrufen, hier und jetzt, wenn ich es denn wollte.

*

Na, wenn das kein Liebesbeweis ist, tönt am nächsten Morgen die Stimme meines Mannes aus dem Hörer. Es ist gerade sieben Uhr, ich komme aus dem Badezimmer und rubble meine Haare trocken.
Ich habe extra den Wecker gestellt, damit ich meine Frühaufsteherin noch erreichen kann, Simon klingt ganz überwältigt von seiner Opferbereitschaft, aber ich mußte endlich deine Stimme hören, du meldest dich ja nie.
Das ist ein wenig übertrieben, korrigiere ich nachsichtig, aber ich habe dir doch von den Telephongebühren im Hotel erzählt, es grenzt an Raubrittertum, wie geht es dir, mein samthäutiger Geliebter?
Simon lacht geschmeichelt, laß den Unsinn Agnes, ich komme sonst noch auf dumme Gedanken, und du bist nicht neben mir. Wie hast du den gestrigen Tag verbracht, ich habe dich nicht erreichen können.
Einfach mit Herumlaufen, antworte ich, die Stadt ist atemberaubend, ich weiß gar nicht, wie oft ich den Winterpalast umkreist habe, die Straßenhändler bieten die unglaublichsten Sachen an, beinahe hätte ich einen jungen Hund gekauft, seine Ohren waren noch verpflastert, dann war ich bei Irina zum Tee eingeladen, sie arbeitet mit mir, du weißt schon, ich habe dir doch von ihr erzählt, sie wohnt in einer Kommunalka, das ist eine Gemeinschaftswohnung, man hat nur ein Zimmer für sich, Bad und Küche muß man sich teilen.

Klingt interessant, brummt mein Mann, ja doch. Ich habe mich mit Clemens Eckbrecht getroffen, dem Chefredakteur von »cuisine«, du weißt schon, das Gourmetmagazin, sie wollen ein Porträt über mich und die Weinhandlung bringen, was sagst du dazu, ich finde, du kannst ruhig ein wenig stolz auf mich sein.
Das bin ich Simon, das weißt du doch.
Ich beuge mich vor, um einen Blick in den Himmel über dem Hotel »Puschkin« zu erhaschen, es ist trügerisch warm in St. Petersburg, schon streift ein erster Sonnenstrahl mein Fenstersims. Schlaf weiter Liebster, schön, daß du angerufen hast, wir schicken uns Küsse quer über den Kontinent, der Sonnenstrahl tastet sich zu meinen nackten Füßen vor.

*

Es ist noch nicht absehbar, ob es das Gesicht eines Mannes oder einer Frau sein wird, das ich seit Tagen mit Schaber und Pinsel freilege, dicke Augenbrauen wie schwarze Balken schimmern allmählich durch die Kruste aus Mauerstaub und Übermalungen, sie vermitteln einen Eindruck von Strenge und Distanz, kaum anzunehmen, daß der Mund darunter lächeln wird.
Ich trete einen Schritt zurück und mache einen Katzenbuckel, dann strecke ich meine Wirbelsäule wieder durch und recke meinen Hals, Irina, die nur ein paar Meter rechts von mir vor einer Mosaikleiste kauert, lächelt mir zu. Müde?
Ich blicke auf die Uhr. Kein bißchen, antworte ich, unglaublich, wie hier die Zeit vergeht, ich habe das Gefühl, erst wenige Minuten zu arbeiten, dabei ist es schon Mittag.
Irina lächelt wieder, diesmal ein wenig nachsichtig, wahrscheinlich schmilzt in ihrer unbequemen Haltung

die Zeit nicht ganz so rasch. Ein diffuses Zwielicht fällt durch die jahrzehntelang ungeputzten Fenster der Kapelle, unter der Kuppel wächst Moos, es duftet nach Moder und verrottetem Laub. An unseren Kitteln und Gesichtern ist gewiß nicht abzulesen, daß die Jahrtausendwende knapp bevorsteht.
Irina kommt aus ihrer Hocke hoch und auch die Gestalten an der gegenüberliegenden Wand bewegen sich plötzlich, massieren sich Handgelenke und Nacken. Valentin angelt ein Zigarettenpäckchen aus seiner Brusttasche, Ljuba, die neben ihm arbeitet, bedient sich vorwitzig. Dann kommen sie herübergeschlendert, vor gerade mal drei Wochen hat uns vier dieser Auftrag hier zusammengewürfelt, für Valentin und Ljuba ist eine modrige Kapelle am Newa-Ufer seither ganz eindeutig zum siebenten Himmel geworden. Wollen wir etwas essen gehen, fragt Irina treuherzig.
Ljuba antwortet auf Russisch, sie wirkt ein wenig verlegen, obwohl ich ihre Antwort nicht verstehe, so weiß ich doch, daß sie gerade eine Notlüge aus Verliebtheit gebraucht.
Irina wendet sich zu mir, und der Schalk blitzt in ihren Augen, Valentin und Ljuba können leider nicht mitkommen, sie haben noch etwas zu erledigen, wir sollen ausnahmsweise alleine gehen, Irina betont das Wort ausnahmsweise, aber nur diskret.
Wir blicken den beiden nach und puffen uns in die Seite, was für ein schönes Paar, sagt Irina, sie sagt es ohne Neid und Bitterkeit.
Wir ziehen unsere Kittel aus und hängen sie über die hinterste der morschen Holzbänke, dann treten wir ins Tageslicht hinaus, Irina zieht einen riesigen Eisenschlüssel aus ihrer Umhängetasche und versperrt die Kapellentür, dann stopft sie das Ding, es wiegt soviel wie ein Krönungsdiadem, wieder in ihre Tasche zurück. Ich habe Irina vergeblich zu überreden ver-

sucht, den Schlüssel doch hinter einem Mauerstein oder unter einem Brett zu deponieren, die heruntergekommene Umgebung der Yanovka-Kapelle bietet Möglichkeiten genug, aber Irina weigert sich hartnäckig. Hier ist Vandalismus überall, hat sie mir eindringlich versichert, in ihrem ernsthaften Deutsch, über das ich mir nur heimlich zu lächeln gestatte.

Die Sonne scheint, und wir bummeln die Newa entlang, zwei blasse Frauen in knielangen Röcken und Pullovern, der Wind zerrt an meinem zusammengebundenen Haar. Schon wieder überwältigt mich dieses Gefühl, das mich seit meiner Ankunft in St. Petersburg verfolgt, daß es diesmal keine räumliche Distanz ist, die mich von Simon trennt, sondern eine zeitliche, Simon befindet sich noch immer in jenem Jahr, in dem wir uns am Flughafen trennten, aber ich bin hier und jetzt in den fünfziger Jahren gelandet, die Sonne über der Newa und die Haare Irinas sind von jenem altmodischen Goldblond, es riecht nach Holz und Teerpappe wie damals, Unkraut wuchert zwischen dem Kopfsteinpflaster des Gehwegs, ich spüre mein Herz schlagen und denke, daß alles möglich ist, immer noch.

Gehen wir wieder … Irina vollendet ihre Frage nicht, sondern reckt bloß das Kinn nach vorne, ich nicke zustimmend, wir verständigen uns schon wie ein friedliches altes Ehepaar, mit Halbsätzen und Andeutungen.

So schlendern wir gemächlich bis zur Peter-und-Paul-Festung, einer trutzigen Burg auf einer Insel im Fluß Newa, hier schlägt das Herz der Stadt, pünktlich jeden Mittag um zwölf wird ein Kanonenschuß abgefeuert, in den ersten Tagen bin ich ebenso pünktlich jeden Mittag um zwölf vor Schreck zusammengefahren. Heute ist der nostalgische Krach schon überstanden, friedlich plätschern die Wellen gegen den Kai, Hunde schnüffeln an angeschwemmten Zweigen, bleiche Pe-

tersburger sonnen sich am Strand der Festung, wie Fakire auf den spitzen Kieselsteinen.
Wir finden noch ein freies Plätzchen auf einem Felsblock, Irina zaubert eine Packung Kekse hervor, vor uns liegt die Silhouette der Innenstadt, eine Handbreit nach links erstreckt sich der Sommergarten mit seinem prachtvollen Gitterzaun, eine Handbreit nach rechts verläuft die zartgrüne Fassade des Winterpalastes, tausend Fensterscheiben funkeln in der Mittagssonne.
Ich glaube, das ist der wärmste Frühling seit hundert Jahren, sagt Irina neben mir. Wissen Sie eigentlich, daß es im Sommer nie ganz dunkel wird, das ist eine verrückte Zeit, es ist, als ob alle Fieber hätten, man bleibt dann wach bis zum Morgen, es gibt Feste in den Wohnungen und am Fluß, Sie müssen das unbedingt erleben, ich werde Sie mitnehmen.
Die Kekse schmecken zart nach Butter, ich hole zwei Dosen Zitronenlimonade von einem nahen Kiosk, Spatzen streiten sich zu unseren Füßen um Krümel.
Dann bummeln wir zur Kapelle zurück, am Ufer der Newa entlang, zwei Frauen, deren Gesichter zart gerötet sind von der Sonne. Irina kramt den Schlüssel hervor, auf den Stufen zum Eingang sitzen bereits Valentin und Ljuba und warten auf uns, sittsam eine Handbreit voneinander entfernt. Unter der modrigen Kuppel drinnen ist die Luft kein bißchen wärmer geworden, wir schlüpfen wieder in unsere verschmutzten Mäntel, jeder begibt sich an seinen Platz.
Schon oft bin ich so gestanden, monatelang vor einer feuchten dunklen Mauer, die nur widerstrebend ihr Geheimnis preisgab, habe Linien zu erahnen versucht und Flächen nachgespürt, die Backe eines Engels, die Lenden eines jungen Mannes, die Arbeit kann zum Krimi oder zur Liebesgeschichte werden, am Schluß war mir das bärtige Gesicht eines Heiligen oft vertrauter als das meiner Freunde.

Diesmal bin ich mir nicht so sicher, ob ich das Gesicht mag, das allmählich unter meinem Handwerkszeug Konturen annimmt, die Augen sind so schwarz wie Tollkirschen, ein kantiger Nasenflügel beginnt durch den Putz zu schimmern.
Hinter mir ertönt ein leises Knirschen, irgend jemand muß die Tür der Kapelle aufgedrückt haben, ein Lichtstrahl fällt über mich wie ein Fischernetz, dann wird es wieder dämmrig. Ein kurzes Getrappel von Füßen auf dem Steinboden, dann ächzt die hinterste der alten Holzbänke, dann ist es wieder still.
Die Yanovka-Kapelle hat Besuch bekommen, wahrscheinlich kommen noch alte Leute aus der Umgebung zum Beten her, kein Laut ist mehr zu hören, nur das Kratzen meiner Spachtel auf der Mauer, ich drehe mich nicht um.

*

Am allerschönsten ist diese Stadt, wo Mauern und Wasser aufeinandertreffen, an den Kanälen, die sich wie silbergraue Schlangen zwischen Palästen und Herrenhäusern winden. Moika-Kanal und Fontanka-Kanal, Brücken und Kais, Straßen ohne Namen und stille Hinterhöfe, zwei Birken reichen schon für ein Wäldchen im Häusermeer.
Es ist Anfang Mai, zu Mittag hat ein heftiger Regen die Stadt überschwemmt, aber jetzt ist es wieder trocken, Staubwölkchen begleiten jeden Schritt. Das Leben der Petersburger scheint sich auf der Straße abzuspielen, wie in einem südlichen Land, die Hauswände entlang stehen Männer und Frauen und halten ihr Gesicht dem Himmel entgegen, kein Sonnenstrahl wird vergeudet.
Auf dem Newski-Prospekt schieben sich die Menschen dahin, mir scheint, daß sie fast alle Eistüten in der

Hand halten. Irina hat mir erzählt, daß es durchaus üblich ist, auf Fremde zuzugehen und zu fragen, ob man kosten dürfe. Ein echter Russe wird dann nicht mit der Wimper zucken und seine Eistüte zur Verfügung stellen, Irina hat sich über mein entsetztes Gesicht amüsiert, ich weiß nicht so recht, ob sie mich nicht bloß foppen wollte.

Jedes Haus ein Palast, jeder Hauseingang ein Portal, auch wenn es im Stiegenaufgang meist nach Urin stinkt, viel Blattgold deckt das Elend zu. Kinder betteln an der Anitschkow-Brücke, ein alter Mann hält mir einen Thronsessel entgegen, gerade so groß, daß er in meiner hohlen Hand Platz hat. Die Schnörksel sind aus zerschnittenen Coladosen geformt, die Polsterung ist aus einem orangefarbenen Plastikrest. Ein Dollar, er deutet mir den Preis, ich finde zwei Dollar in meiner Jackentasche, der alte Mann salutiert und verfolgt mich die nächsten Meter, dann muß er aufgeben, sein linkes Bein ist aus Holz.

Ich denke mir, wie gern ich jetzt Simon an meiner Seite hätte, wir könnten uns Hand in Hand diese Stadt erlaufen, wenn Simon dabei ist, dann erreicht mich das Erschrecken wie durch einen Filter. Zwei Dollar sind doch hier viel Geld, würde Simon jetzt sagen, dein alter Mann kann sich davon ein Abendessen kaufen oder, sehr wahrscheinlich, eine Flasche Wodka, komm, laß uns irgendwo einkehren, Sterntalermädchen, und Wein von der Krim kosten.

Und alles wäre gut.

Langsam wird es dunkel, vor den Theatern und Konzertsälen treffen sich die Paare, die Frauen sind sorgfältig geschminkt und tragen baumelnde Ohrringe, die Schuhe der Männer sind auf Hochglanz poliert.

Auch am Gribojedow-Kanal warten die Menschen auf Einlaß vor einem Kellergewölbe, das »Baku« ist ein beliebter Treffpunkt, Rußland bleibt draußen, drinnen

gibt es irisches Bier und argentinische Steaks in ledergepolsterten Nischen, feingemachte junge Petersburgerinnen lauschen dem Knistern der Dollarscheine.
Es ist Freitag abend, und ich muß an Irina denken, die heute so beschwingt davongestöckelt ist, in einer Wolke von süßem Parfum, appetitlich wie ein Törtchen mit Zuckerguß. Dann muß ich an Simon denken, plötzlich überfällt mich die Sehnsucht wie ein heftiger Zahnschmerz, keine Ambulanz weit und breit, nur Menschen, die nicht allein sein werden heute nacht.

*

Die Kinder sind wieder da, sagt Irina. Ich drehe mich um und wische mir die Hände an dem Lappen ab, der immer aus der Tasche meines Arbeitsmantels hängt, wie das Stecktuch in einem Herrenblazer aus edlem Garn.
Die Kinder drängen sich in der letzten Reihe der alten Holzbänke, es sind vier Stück, sie sitzen dicht nebeneinander, so als ob sie sich wärmen wollten, dabei ist es doch ein warmer Frühsommertag. Ich kann ihre Gesichter im Zwielicht nicht genau ausmachen, aus der Entfernung von knapp einem Dutzend Metern sehen sie abgerissen und verschmutzt aus, die Haare stehen ihnen zu Berge, eines wischt sich gerade mit dem Arm die Nase ab. Sie wirken seltsam geschlechts- und alterslos, ein Kind trägt eine Mütze aus grüner Wolle, eines hat eine blutige Kruste quer über die Stirn.
Sie kommen fast jeden Tag, sagt Irina, haben Sie das noch nie bemerkt, Ljuba bringt ihnen manchmal Brot mit oder Rübensalat, es sind so viele in der Stadt, zehntausende, im Winter ist es besonders schlimm, dann schlafen sie vor den Kirchen oder in den Schächten der

Metro, zum Glück ist fast schon Sommer, hoffentlich bleibt es so warm.
Ich drehe mich wieder zur Wand, das Gesicht eines Mannes mit strengen Brauen blickt mich an, wie jeden Tag.
Wie weit bist du, hat Simon gestern abend gefragt, ein Gesicht konnte ich bisher freilegen, habe ich geantwortet und wieder einmal gespürt, wie schwer es ist, die selbstauferlegte Bedächtigkeit meines Handwerks zu vermitteln, ein voreiliger Pinselstrich und die Arbeit von Wochen kann vernichtet sein, wenn ich davon erzähle, dann ernte ich meist hochgezogene Augenbrauen und Kopfschütteln, also unterlasse ich es lieber.
Aber Simon hat so zärtlich und verständnisvoll geklungen, irgendwann ist unser Gespräch in ein Flüstern übergegangen, dabei ist die Verbindung zwischen Rhein und Newa höchst miserabel, aber manche Worte verlangen nach einer gedämpften Stimme.
Meine rechte Schulter beginnt zu schmerzen, verspannte Muskeln gehören zu meinem Beruf wie geschwollene Fesseln zu dem der Verkäuferin, ich strecke mich, bis es knackt und knirscht. Die Kinder sind noch immer da, haben sich in der hintersten Bank aneinandergekuschelt, das Kind mit der blutigen Kruste quer über die Stirn scheint zu schlafen, an der Brust eines größeren. Ich fange einen Blick von Ljuba auf, die zu mir herübersieht, sie lächelt mich an und zieht die Schultern hoch, eine Geste der Hilflosigkeit und des Bedauerns.
Immer schwächer wird das Licht, das durch die Fenster dringt, die Scheinwerfer, die über ein kompliziertes Kabelsystem unsere Arbeit bestrahlen, bilden gleißende Inseln in der Dämmerung. Ein Poltern ist zu hören und dann das Ächzen von morschem alten Holz, die Kinder haben sich erhoben und drängen aus der

Kapelle, ich kann die zerfetzten Säume ihrer Hosen sehen, einem fehlen die Schnürsenkel zu seinen Turnschuhen, gleich wird es stolpern, dann fällt die Tür wieder zu, die Kinder sind fort, wie ein Spuk in der Nacht.

3

Simon hat mich vom Flughafen abgeholt, hat mir die Reisetasche abgenommen, der größte Teil meines Gepäcks ist im »Puschkin« geblieben, wir haben uns umarmt, ein wenig befangen.
Auf dem Nachhauseweg zeigt die Ampel vor unserer Straße rot, wir sehen uns an und müssen lächeln, Simon legt seine Hand in meinen Nacken, da hupt der Fahrer hinter uns, schon gut, brummt Simon und schaltet in den ersten Gang.
Jetzt liegen wir im Bett, die Laken sind warm von unseren Körpern, draußen vor dem Fenster fegt ein kalter Wind vorbei, in St. Petersburg scheint sicherlich die Sonne, ist das nicht verrückt, Simon zieht die Decke über meinen nackten Rücken und drückt mich an sich, daß unhörbar meine Rippen knacken.
Hast du mich vermißt?
Kein bißchen.
Darüber müssen wir beide lachen, wie Kinder, wenn man ihnen zum Spaß mit dem Zeigefinger droht.

*

Später sitzen wir uns gegenüber, bei einem improvisierten Imbiß zur Nacht, Käse und Preiselbeeren und Fisch in Currysauce, aufgebackenes Brot und eine Schachtel Likörpralinen, wir haben einfach unsere Vorräte auf den Tisch gestellt, Simon war viel zu be-

schäftigt, um sich mit Einkäufen aufzuhalten. Wir haben Kerzen angezündet und eine zweite Flasche Wein geöffnet, einen Rioja von 1993, gute Struktur am Gaumen, perfekt balanciert, Simon schluckt genießerisch, davon habe ich drei Kisten geordert, mal sehen.
Wir sitzen uns gegenüber und mustern uns im Kerzenlicht, irgendwie bist du verändert, sagt Simon, wie dein Haar glänzt, geht es dir gut Agnes?
Was für eine Frage, sage ich und greife nach der Hand meines Mannes.
Hier hat sich einiges getan, während du weg warst, sagt Simon, vielleicht eröffne ich eine Filiale in Berlin, mal sehen, mein Steuerberater hat mir dazu geraten, bevor das Finanzamt alles wegfrißt, das bedeutet natürlich eine Menge Besprechungen und Streß für die nächsten Monate, unsere Australienreise müßten wir ein wenig verschieben, wir fahren ganz bestimmt noch in diesem Jahr, ich hoffe du bist nicht allzu traurig.
Überhaupt nicht, sage ich, das paßt sogar viel besser in meine Pläne, ich werde sicher den Sommer über in Petersburg sein, wir kommen nur ganz langsam voran, aber es ist wirklich aufregend, und die Stadt ist so wunderschön, Irina, du weißt schon, die mit der Kommunalka, zeigt mir Plätze, wo sonst kein Tourist hinkommt, seit neuestem schauen uns Straßenkinder bei der Arbeit zu, sie sitzen ganz brav in der hintersten Bank, das kleinste muß sich verletzt haben, es hat eine Wunde über der Stirn.
Hmmm, sagt Simon, der meine Hände umfangen hält, ich spüre seinen Puls an meinem Daumenballen pochen, apropos Geschäft, würde es dich sehr stören, wenn wir morgen Gäste bekommen, ich konnte nicht mehr umdisponieren, dieser Abend ist sehr wichtig für mich, nun ja, vielleicht nicht gerade sehr aber doch, ich habe Clemens Eckbrecht, den Chefredakteur von

»cuisine«, und die Trenkwitzens eingeladen, du wirst keine Arbeit damit haben, es ist alles schon mit dem jungen Engelhardt besprochen, er schwärmt seit neuestem von Polenta, diesem Maisgrieß, er möchte dazu eine Komposition von Innereien probieren, ein wenig gewagt, aber Clemens Eckbrecht kann man sicher nur mehr mit schrägen Genüssen beeindrucken.
Ich denke mir, daß ich ziemlich enttäuscht bin, die Trenkwitzens und ein professioneller Esser, ich kann mir schon lebhaft die Gesprächsthemen vorstellen, irgendwie habe ich mir den morgigen Tag anders ausgemalt.
Nein, gar nicht, sage ich, das ist doch selbstverständlich, außerdem bin ich ja wirklich ein wenig überraschend zurückgekommen.
Dann sehen wir uns noch einen alten Schwarzweiß-Film im Fernsehen an, vor uns stehen die Weingläser, schon nach fünf Minuten schläft Simon an meiner Schulter ein. Myrna Loy ist so wohlonduliert und souverän, pingpongpingpong pariert sie die kleinen Spitzen ihres Filmehemannes, ich denke mir, daß ich gerne so wäre, eine Frau die ihre Verletzungen nicht zugibt, die Ehe als Match, wer zuerst Ermüdungserscheinungen zeigt, der muß vom Platz.

*

Am nächsten Vormittag ist der Himmel so grau wie der Rhein, mit gesenktem Kopf stemme ich mich gegen den Wind, Papierfetzen kommen mir entgegengetrudelt, die Straßen sind voller Unrat. Auf dem Karlsmarkt kaufe ich Erdbeeren und einen riesigen Strauß oranger Tulpen mit gelben Rändern, vielleicht läßt sich ja der Sommer erzwingen.
Als ich gerade in die Gasse mit den Käseständen einbiegen will, verstellt mir ein forscher junger Mann den

Weg. Antenne drei, der junge Mann hält mir ein Mikrophon unter die Nase, so dicht, daß es mich beinahe streift, ich weiche erschrocken zurück, aber das Mikrophon folgt mir, wir machen eine Straßenbefragung zum Thema Lebensqualität im urbanen Raum, was stört Sie, was würden Sie in dieser Stadt verändern wollen, der forsche junge Mann blickt mich an, ein wenig herablassend.
Haftstrafen für Männer, die auf die Straße spucken, sage ich, das herablassende kleine Lächeln im Gesicht des jungen Mannes weicht einem irritierten Zwinkern, dafür lacht jetzt sein Begleiter, der die Kabel und ein schwarzes kofferähnliches Gerät schleppt, er lacht lautlos, um die Aufnahme nicht zu stören, jetzt erst bemerke ich den Kameramann, der mich von rechts im Visier hat.
Und sonst, sagt der junge Mann mit dem Mikrophon, er hat seine Fassung wiedergefunden, fällt Ihnen sonst noch etwas ein?
Schon, sage ich, aber sind Sie sicher, daß Sie es hören wollen?
Der Kameramann weicht zur Seite, meine Tulpen klatschen gegen seine Linse, dann habe ich die Wegelagerer hinter mir gelassen.
So nötig wie eine Warze am Kinn, schimpft die Käsefrau in Richtung von Antenne drei, als ich ein Stück vom blaugeäderten Gorgonzola bei ihr kaufe, für Sie zum Vorzugspreis, meine Liebe, versöhnlich gestimmt schlendere ich zur Salami weiter.
In wenigen Stunden werden unsere Gäste eintreffen, ich sollte nach Hause eilen, um wenigstens die Tulpen zu arrangieren, aber ich mache noch einen Umweg, um nach Herrn Melchior zu sehen, hoffentlich duftet es in seiner Küche nicht gar zu verlockend.
Aber dann ist Herr Melchior gar nicht zu Hause, ich höre die Glocke im Haus läuten, aber niemand kommt zur

Türe geschlurft, auch Anka meldet sich nicht. Der Garten wirkt so liebevoll betreut wie immer, Primeln und Krokusse lugen aus dem Rasen, das Gemüsebeet ist noch sorgfältig abgedeckt. Minutenlang stehe ich am Zaun und warte, eine zaghafte Sonne wärmt mein Gesicht.

*

Das ist also die charmante Gattin, wir haben schon viel von ihr gehört, Kompliment, Clemens Eckbrecht beugt sich formvollendet über meinen Handrücken, bremst wenige Zentimeter vor dem Aufprall ab, ganz wie es sich gehört, suchend blicke ich mich nach seiner Begleitung um, aber niemand sonst hat unsere Wohnung betreten.
Simon steht neben mir, wohlriechend und mindestens einen Kopf größer als unser Gast, der von sich selbst offenbar gerne im Pluralis majestatis spricht, mit einladender Handbewegung manövriert er ihn in Richtung Sofaecke. Dort hat sich bereits Irmgard Trenkwitz eingenistet, sie trägt heute abend mehrere Lagen durchsichtigen Chiffon über einem seidenen Hemdchen, an wenig verfänglichen Stellen läßt eine einzige Schicht lachsfarbener Stoff die Haut durchschimmern, an strategisch bedeutsamen Punkten addieren sich die Bahnen zu blickdichtem Purpurrot. Marcel, ihr Gatte, hat den Mund voller Nüßchen und stemmt sich aus einem der gepolsterten Sessel hoch, die Gäste werden einander vorgestellt.
Sie wollte ich schon immer kennenlernen, läßt Frau Trenkwitz Herrn Eckbrecht wissen und rückt ein wenig zur Seite, Clemens Eckbrecht kommt der Aufforderung bereitwillig nach, das Grau seiner Schläfen und das Anthrazit seiner Hosen harmoniert aufs vortrefflichste mit den Rotschattierungen des Chiffons.
Simon entkorkt eine weitere Flasche Taittinger Collec-

tion, der Champagner perlt in unseren Gläsern, aber Clemens Eckbrecht hebt flehentlich die Hände, bitte nicht ärgerlich zu sein, aber wir haben uns angewöhnt, vor dem Essen niemals einen Aperitif zu nehmen, ein Glas San Pellegrino vielleicht mit einer Prise Zitrone, Irmgard Trenkwitz blickt plötzlich auf ihr Champagnerglas, als ob eine tote Fliege darin schwämme, Simon blickt ein klein wenig panisch.

San Pellegrino, aber selbstverständlich, ich erhebe mich, ganz aufmerksame Gastgeberin, aber vorher proste ich noch meinem Mann zu, dann entschwinde ich in Richtung Küche.

Ein junger Mann in Jeans wäscht gerade Dillsträußchen unter fließendem kalten Wasser, auf dem Herd brodelt es in einem geschlossenen Topf, vor einem Klumpen tiefroter Leber steht Hanno Engelhardt und schleift seine Messer.

Wie läuft es denn so, fragt der junge Engelhardt, er hat Schweißperlen auf der Stirn, für einen Clemens Eckbrecht kocht man nicht alle Tage, wissen Sie.

Oh, alles bestens, antworte ich in meiner beruhigendsten Stimmlage, dieser Eckbrecht scheint ein ganz lockerer Typ zu sein, sehr sympathisch, hoffentlich schenkt Hanno Engelhardt meiner schamlosen Notlüge Glauben, jedenfalls hat er begonnen, die Leber in dünne Scheiben zu schneiden.

Ich kehre ins Wohnzimmer zurück und stelle das Glas Mineralwasser samt Zitronenscheibchen vor Clemens Eckbrecht, der offenbar gerade über die Toskana referiert.

… mehr Deutsche als Einheimische, es ist zum Grausen, wir ziehen schon seit Jahren das Piemont vor, Irmgard Trenkwitz nickt heftig, ich sende Simon einen beruhigenden Blick, das dürfte heute abend meine vornehmste Aufgabe sein, keine Sorge, es läuft bestens, Hanno Engelhardt hat alles im Griff.

Wir leeren unsere Gläser, nur Clemens Eckbrecht nippt kein einziges Mal an seinem Mineralwasser, wahrscheinlich kann er mit seiner hochsensiblen Nase einfach riechen, daß es kein San Pellegrino ist, dann schreiten wir zwanglos plaudernd zu Tisch.
Es gibt einen ganz einfachen kleinen Imbiß, höre ich Simon sagen, wir wollten gar nicht erst versuchen, Sie mit irgendwelchen ausgefallenen Gerichten zu beeindrucken, das wäre doch wohl ein sinnloses Unterfangen, Clemens Eckbrecht lächelt geschmeichelt.
Wir nehmen Platz, ich habe den alten Holztisch mit weißem Porzellan und grünkarierten Servietten gedeckt, Simon hat die Riedel-Gläser höchstpersönlich noch einmal nachpoliert, auf daß alles ganz schlicht und ungezwungen wirken möge, wie in einem kleinen Bistro in der Provence, rein zufällig steht Paul Bocuse am Herd und kocht für den bescheidenen Clemens Eckbrecht ein bescheidenes Abendmahl.
Sie werden es nicht glauben, Clemens Eckbrecht seufzt leise, aber diese unsere Profession kann durchaus zur Bürde ausarten, jeder beneidet uns, dabei ist Essen harte Arbeit, hochverfeinertes Essen, wie wir es praktizieren, Sie verstehen, Clemens Eckbrecht lehnt sich in seinem Stuhl zurück, Irmgard Trenkwitz nickt einfühlsam, Simon blickt ein wenig besorgt in meine Richtung.
Deshalb, mein Tischnachbar zur Linken hat sich wieder aufgerichtet, erfreut sich unsereiner heute auch an den ganz einfachen Dingen, ein Stück Schwarzbrot mit Trüffelspänen, dazu ein Glas Terlaner, was braucht es mehr, auch wenn Sie jetzt schockiert sein mögen, Clemens Eckbrecht blickt kämpferisch in die Runde, aber niemand mag ihm widersprechen, Marcel Trenkwitz zu meiner Rechten röchelt leise, wahrscheinlich ein Nüßchen, das sich in seinem Schlund verfangen hat.
Keineswegs, sage ich freundlich, Sie liegen mit solchen

Ansichten sogar voll im Trend, ich habe erst kürzlich darüber gelesen, man nennt es den neuen Purismus.
Clemens Eckbrecht blickt drein, als ob er zwischen den Trüffelspänen ein Barthaar gefunden hätte. Sie haben mich leider vollkommen mißverstanden, meine Liebe, wir sprechen nicht von Modetorheiten, sondern von den Grundeinstellungen des Lebens, von jahrzehntelangen Erfahrungen, die schließlich in einige wenige existentielle Wahrheiten münden, aber wie sollten Sie solche Empfindungen auch teilen können, meine Liebe, bei Ihrer Jugend, und Clemens Eckbrecht neigt sein Haupt vor mir, ganz Kavalier der alten Schule, Irmgard Trenkwitz lächelt maliziös.
Da wird unser kleines Geplänkel unterbrochen, Hanno Engelhardt und sein Gehilfe erscheinen, beide haben blütenweiße Schürzen bis zum Hosensaum umgebunden, sie tragen die Vorspeise auf, Sülzchen von Meeresfrüchten an Dillrahm, verkündet Hanno Engelhardt mit bebender Stimme, Simon füllt unsere Gläser mit südafrikanischem Chardonnay, Clemens Eckbrecht beugt sich gottergeben über seinen Teller, Sülzchen von Meeresfrüchten an Dillrahm, nun denn.
Normalerweise verabscheue ich Aspik, aber dieses hier schmeckt köstlich, kühl und salzig, wie ein Schluck Meeresbrandung.
Fischsülzen haben ja ihren Ursprung im gefilten Fisch der jiddischen Küche, sagt plötzlich der sonst so schweigsame Marcel Trenkwitz neben mir, im Sechstagekrieg haben sich die israelischen Fallschirmspringer gefilte Fisch als Losungswort bei Nachteinsätzen zugerufen, das ist mir gerade so eingefallen. Dafür erteilt ihm seine Gattin eine stumme Verwarnung, keine Politik bei Tisch bitte, aber Clemens Eckbrecht reagiert durchaus wohlwollend, jaja der Sechstagekrieg, die alten Zeiten, er nimmt einen Schluck vom Chardonnay.
Der junge Mann erscheint und räumt unsere Teller ab,

Irmgard Trenkwitz betupft ihre Mundwinkel mit der Serviette.
Ich habe vor, noch in diesem Jahr eine Filiale in Berlin zu eröffnen, meldet sich Simon zu Wort, auch wenn es wahrscheinlich ein Wagnis ist, bei dieser Konkurrenz vor Ort.
Konkurrenz, papperlapapp, ereifert sich Clemens Eckbrecht, bei Ihrem Renommee werden Sie damit doch spielend fertig, Berlin ist eine boomende Stadt, da gilt es Flagge zu zeigen, bevor jeder Quadratmeter von irgendwelchen Kaufhausketten besetzt ist. Wir planen Ihr Porträt übrigens für den kommenden Herbst, vielleicht heben wir Sie ja sogar aufs Titelbild, mal sehen, der Chefredakteur von »cuisine« prostet meinem Mann zu, Simon lächelt bescheiden, aber ich weiß, daß er gleich platzt.
Dann wird der Hauptgang aufgetragen, glacierte Leberfilets und Bries vom Kalb mit Polentadukaten und Kirschtomatenragout, erläutert uns Hanno Engelbrecht, seine Stimme hat etwas an Festigkeit gewonnen, es duftet verlockend.
Irmgard Trenkwitz blickt mit großen Augen auf ihren Teller mit Innereien, aber Clemens Eckbrecht ist offensichtlich entzückt, Bries, kundig zubereitet, kann eine wahre Delikatesse sein, er greift zur Gabel, Irmgard Trenkwitz will ganz tapfer sein und ebenfalls davon probieren. So tafeln wir in Harmonie und Eintracht, Simon kredenzt einen Barolo, den er schon vor Stunden geöffnet hat, unsere Blicke treffen sich, läuft doch alles bestens, ich muß mit Myrna Loy verwandt sein.
Diese, wie hat sie doch Ihr Koch genannt, diese Polentadukaten erinnern an Blinis, beendet Clemens Eckbrecht die kurze Stille, Blinis mit einem Löffelchen Kaviar oder Lachstartar, ach ja, das sind sie, die wahren Genüsse, Sie werden mich doch hoffentlich nicht

wieder mißverstehen, meine Liebe, ich werde mit einem Augenzwinkern bedacht.
Meine Frau kommt gerade aus St. Petersburg, mischt sich Simon ein, völlig überflüssigerweise, ich habe wenig Lust, meine Abenteuer im wilden Rußland zu schildern. Aber das ist zum Glück auch gar nicht nötig, denn unser Ehrengast weiß selbst genug über Petersburg zu berichten.
Wir waren erst kürzlich dort, läßt er uns wissen, man sollte es nicht für möglich halten, wie rasch sich die Gastronomie erholt hat, es gibt ganz exzellente Restaurants, man muß natürlich Bescheid wissen, sonst fällt man in irgendeine Touristenfalle, wir haben einen Bericht darüber geschrieben, der erstaunliche Resonanz gefunden hat. Clemens Eckbrecht wischt sich mit der Serviette über die Stirn, sein Teller ist leer, was für ein Glück, daß er neben Schwarzbrot mit Trüffelspänen auch sonst noch Nahrung zu sich nimmt.
Außerdem kann man ganz ordentliche russische Kunst erwerben, fährt Clemens Eckbrecht fort, die moderne Malerei hat sich in den vergangenen Jahren ja explosionsartig entwickelt, aber der Kenner hält sich lieber an die traditionellen Sachen, bei Ikonen kann man mit etwas Glück das Geschäft seines Lebens machen. Sie haben doch mit Kunst zu tun, meine Liebe?
Simon sendet mir einen hypnotischen Blick, ich kann in seinen Pupillen lesen wie in einem Buch, denke an mein Porträt Agnes, ich bitte dich, das kann doch nicht so schwer sein, ja, ich habe mit Kunst zu tun, sage ich, allerdings auf einer ganz anderen Ebene, ich arbeite an der Restaurierung einer Kapelle mit, es ist ein Projekt der Stiftung zur Erhaltung osteuropäischer Kulturgüter.
Nun, das ist doch außerordentlich interessant, begeistert sich mein Tischnachbar, sagen Sie bloß, Sie kennen Elvira Mertens, eine alte Bekannte von mir, außerordentliche Frau, wenn auch etwas kapriziös.

Simons Blick ist jetzt ganz von Stolz und Dankbarkeit erfüllt, Irmgard Trenkwitz schaut ein wenig sauertöpfisch, Clemens Eckbrecht anerkennend. Irgendwie scheint mich die Bekanntschaft von Elvira Mertens aufgewertet zu haben.
Marcel Trenkwitz hält Simon das Glas entgegen, sein Trinkvermögen wird allenthalben gerühmt, die zweite Flasche Barolo ist fast geleert. Wir lehnen gesättigt in unseren Stühlen, lassen Sie sich ruhig Zeit mit dem Dessert, sagt Simon zu Hanno Engelhardt, der ein joviales Nicken vom Chefredakteur von »cuisine« verbuchen darf, wie wäre es mit einem kleinen Tapetenwechsel?
Wir schlendern ins Wohnzimmer zurück, Simon zündet die Holzscheite im Kaminofen an, irgendwie, so denke ich mir, haben wir diesen Abend gut hingekriegt. Irmgard Trenkwitz und Clemens Eckbrecht entscheiden sich für Kognak, Marcel Trenkwitz steigt auf Wodka um, sehr zum Unbehagen seiner Gattin, ich lasse mir von Simon ein Glas Grappa reichen.
Clemens Eckbrecht hat die Beine leger von sich gestreckt, er blickt ins Feuer, seltsam, wohin uns das Leben treibt, da war man einst jung und hitzköpfig, jaja, auch wir sind hinter Transparenten hergezogen, auch wenn Sie das sicherlich nicht glauben können, damals in Tübingen, ein Student der Germanistik und der Philosophie, Clemens Eckbrecht spricht wie in Trance, Irmgard Trenkwitz lauscht ihm hingerissen, ihr Mann döst offenbar ein wenig, wenn ich jetzt Simon anblicke, dann muß ich lachen, also lasse ich es besser sein, ein Holzscheit fällt laut knackend zusammen, und Clemens Eckbrecht kehrt zu uns zurück, aufs Sofa vor einem Kaminfeuer in einer Dachterrassenwohnung am Rhein.
Hanno Engelhardt erscheint und serviert heißes Mohnsoufflé mit Himbeeren in Kirschwasser, Simon und Cle-

mens Eckbrecht vereinbaren ein Mittagessen für nächste Woche. Irmgard Trenkwitz schiebt ihr Mohnsoufflé von sich, diese Polentadukaten waren für ihren empfindlichen Magen doch ein wenig schwer, möchtest du vielleicht einen Fencheltee, frage ich besorgt, aber Irmgard Trenkwitz mag davon nichts wissen.
Auf dem Tisch stehen mittlerweile allerlei Flaschen, Marcel Trenkwitz ist wieder aufgewacht und bläst Rauchwölkchen in die Luft, mir fällt plötzlich Irina ein und die Zigarette, die ich mit ihr geraucht habe, in der Küche ihrer Wohnung am Fontanka-Kanal, wenn ich nicht aufpasse, dann breche ich gleich in Tränen aus, Myrna Loy wäre das nie passiert.

*

Am nächsten Morgen tappe ich auf nackten Fußsohlen in die Küche und presse mir ein paar Orangen aus, noch immer hängen die Gerüche vom gestrigen Abend in der Luft, aber alles ist fein säuberlich abgewaschen und aufgeräumt, Hanno Engelhardt und sein Gehilfe haben unsere Wohnung erst lang nach Mitternacht verlassen, ich entsinne mich verschwommen, daß sie von Clemens Eckbrecht sogar noch zu einer kleinen Fachsimpelei über einem Glas Kognak gebeten wurden.
Irgendwann hat Irmgard Trenkwitz ihren Gatten nach erbittertem Flüstern in sein Ohr zum Aufbruch bewegen können, irgendwann hat sich auch Clemens Eckbrecht zum Gehen entschlossen, wir haben diesen Abend außerordentlich genossen, hat er mich wissen lassen, wie der Sonnenkönig seine Mätresse. Simon hat ihn noch zur Haustür begleitet, ich habe währenddessen die Terrassentür weit aufgeschoben und bin zu Bett gegangen, erschöpft, mittelschwer betrunken, eine Frau mit verschmiertem Make-up im Gesicht.

Ich tappe auf nackten Fußsohlen ins Schlafzimmer zurück und stelle ein Glas Orangensaft neben den schlafenden Simon, dann wickle ich den Frotteemantel enger um mich und gehe leise auf die Terrasse, das schlechte Wetter ist wie weggeblasen, der Rhein schimmert im Licht des frühen Vormittags, auf dem Uferweg radelt ein Mann vorbei, sein Hund tollt mit wehenden Ohren im Gras, ich denke mir, daß ich Herrn Melchior fragen sollte, ob er meine Oleanderbäume in Pflege nehmen mag, in diesem Sommer wird alles ein wenig anders sein, in diesem Sommer muß man sich flexibel zeigen.
Trotz des Sonnenlichts ist die Luft frisch, ich ziehe die Terrassentür hinter mir zu. Simon wird gerade wach, er hat die Decke von sich geschoben und liegt da mit nacktem Oberkörper, seine Lider zucken. Dann sieht er mich an, mein betörender Mann, ein Lächeln breitet sich um seine Mundwinkel aus, und Simon öffnet seine Arme, ach Agnes, wie schön daß du da bist, laß dich umarmen.
Eigentlich wollten wir gerade duschen, sage ich, natürlich nur ganz schlicht, ein Eimer kaltes Wasser, ein Stück Zedernölseife, was braucht es mehr, aber weiter komme ich nicht in meinen Ausführungen, Simon hascht nach mir, lachend, er zieht mich zu sich herab und streift den Frotteemantel von meinen Schultern, hüte deine Zunge, Agnes, sagt mein lachender Gatte, du weißt doch, Frauen mit scharfer Zunge vergraulen jeden Mann, aber es sieht nicht so aus, als ob ihn meine scharfe Zunge stören würde, jedenfalls nicht an diesem Morgen.

*

Ja, haben Sie denn das nicht gewußt, er ist vergangene Woche ins Krankenhaus eingeliefert worden, seine

Atembeschwerden waren in letzter Zeit wirklich schlimm, ich konnte ihn immer schon schnaufen hören, da war er noch nicht einmal durch die Tür, vielleicht weiß eines seiner Kinder Bescheid, wo der Hund geblieben ist, das kann ich Ihnen nicht sagen, die Gemüsefrau lächelt mich tröstend an und wendet sich dem nächsten Kunden zu.
Ich bezahle für meinen Lauch und die Tomaten und gehe die Straße hinunter, ganz erschrocken über diese Auskunft, aber irgendwie habe ich damit gerechnet, jetzt bin ich schon fast eine Woche wieder in der Stadt und habe noch keinen Blick von Herrn Melchior erhascht, ich habe ihn nie rauchen gesehen, wenn es bloß nur Atemprobleme sind.
Als ich die Wohnungstüre aufsperre, läutet gerade das Telephon, Laetitia ist am anderen Ende, sie klingt ein ganz klein wenig beleidigt, ich habe gehört, daß du zurück bist, Agnes, irgend jemand hat dich gesehen, warum meldest du dich nicht, stimmt es, daß ihr Clemens Eckbrecht eingeladen habt, ich hätte ihn auch ganz gerne mal kennengelernt, nun ja, war es schön in Petersburg, Laetitia wechselt tapfer das Thema, sie ist nicht nachtragend.
Sei froh, daß du dir diesen Abend erspart hast, sage ich, obwohl, Hanno Engelhardt hat wirklich ausgezeichnet gekocht, Leber und Polenta, am Ende waren wir alle ganz schön berauscht, ich fliege am Dienstag zurück, hast du noch Zeit für einen Kaffee?
Aber natürlich, für dich doch immer, zwitschert Laetitia, sie klingt jetzt wieder ganz versöhnt, wir verabreden uns im Terrassencafé am Dach der Dom-Arkaden.
Dann rufe ich Elvira Mertens an und berichte ihr über den Fortgang der Restaurierungsarbeiten, die Stimme aus dem Hörer klingt interessiert und kompetent, und sonst, wie gefällt es Ihnen in St. Petersburg, Agnes?

Wunderbar, sage ich, ich glaube fast, ich habe mich in diese Stadt verliebt, meine Kollegin Irina, eine ganz ausgezeichnete Restauratorin, zeigt mir jeden Winkel, manchesmal sehen uns Straßenkinder bei der Arbeit zu, und, wie geht es Ihnen?
Ach, das Übliche, sagt Elvira Mertens, diese Pfeffersäcke werden immer geiziger, Spenden lassen sie sich nur mehr aus der Tasche ziehen, wenn sie am nächsten Tag garantiert in irgendeiner Klatschspalte aufscheinen, jetzt will mir sogar Leonardo für die Abendkleider, die ich von ihm trage, eine Leihgebühr verrechnen, man stelle sich das mal vor, dabei kriegt er durch mich mehr Reklame für seine kratzigen Monströsitäten als durch jede Anzeige in der »Vogue«, manchesmal bin ich ganz schön müde, das kann ich Ihnen sagen.
Gestern abend hatten wir Clemens Eckbrecht zu Gast, sage ich, Elvira Mertens hat eine kleine Aufmunterung verdient, er hat sehr geschwärmt von Ihnen.
Ach, der gute alte Clemens, sagt meine Gesprächspartnerin versonnen, hat er wieder die Nummer mit Tübingen abgezogen, Clemens Eckbrecht, der Bonvivant, der dereinst hinter roten Fahnen herzog und die Faust im Sack ballte?
Nun ja, sage ich, dann müssen wir beide lachen, Elvira Mertens fliegt morgen nach Sardinien, aber wir wollen in Kontakt bleiben.

*

Herr Melchior ist eingeschlafen, und ich blicke über die Stadt und den Fluß, das Bett von Herrn Melchior steht gleich neben dem Fenster, er hat Glück gehabt, seine beiden Zimmernachbarn müssen sich mit der Aussicht auf den Fernsehapparat begnügen, der an der Wand angebracht ist.
Nichts Schlimmes, Agnes, hat mich Herr Melchior be-

ruhigt, als ich vor einer Stunde ins Zimmer getreten bin, beladen mit Frühlingsblumen, Törtchen und Obst, ein Hochglanzmagazin für Hobbygärtner unter den Arm geklemmt.

Nichts Schlimmes, Agnes, schauen Sie bloß nicht so besorgt drein, die Ärzte hier sind einfach wunderbar, und die Schwestern erst, ich bin wirklich in besten Händen, es ist wie eine Kur, sozusagen. Und Herr Melchior hat mir zugelächelt und zugezwinkert, ein wenig kurzatmig, in seinem blau und grau gestreiften Pyjama, Krankenhausbesuche führen unvermeidlich zu einer gewissen nicht immer erwünschten Intimität, aber bei Herrn Melchior ist das anders, ganz vertraut habe ich ihm die Polster im Rücken aufgeklopft und das Wasserglas gereicht, Herr Melchior hat meine Fürsorge offenkundig genossen.

Jetzt liegt er vor mir und schläft, er sieht so schmal aus, wenn er ausatmet, dann rasselt es in seinem Brustkorb. Eine Schwester schaut zur Tür herein und lächelt mir zu, so gucken Sie doch bloß nicht so sorgenvoll drein, wir kriegen das schon hin, offensichtlich hält sie mich für eine Angehörige. Ich denke mir, daß ich jetzt doch nicht so gerne nach St. Petersburg zurückkehre, schon morgen geht mein Flug, wer wird dann Herrn Melchior besuchen? Ich habe ihm versprechen müssen, noch nach Anka zu sehen, die bei Nachbarn untergebracht ist, hoffentlich sind die Kinder nicht grob mit ihr, hat Herr Melchior besorgt gemurmelt.

Ich blicke auf Herrn Melchior und denke mir, daß ich für lange Zeit so dasitzen könnte, am Krankenbett eines alten Mannes, seltsam, an welchen Orten man Zuneigung und Trost finden kann, aber es nützt nichts, ich blicke auf meine Uhr und erhebe mich vorsichtig, ganz kurz bin ich versucht, Herrn Melchior über die Wange zu streicheln, aber dann lasse ich es lieber bleiben, ich möchte ihn nicht wecken.

Draußen auf dem Gang begegnet mir die freundliche Schwester wieder, sind Sie eine Angehörige, fragt sie mich, nein, nur eine gute Bekannte, antworte ich, Freundin, ob das angemessen wäre?
Sie sind der erste Besuch, den der alte Herr bekommen hat, sagt die Schwester, dabei liegt er schon fast eine Woche auf unserer Station, sie sagt es ein wenig vorwurfsvoll, so als ob ich die einzige Tochter wäre und es bloß nicht zugeben möchte. Hat er denn gar keine Angehörigen?
Doch, drei Kinder, soviel ich weiß, sage ich, aber die sind natürlich auch schon groß und haben ihre eigenen Familien und wahrscheinlich wenig Zeit.
Ja, so ist das, sagt die Schwester, Sie glauben ja gar nicht, was wir so alles erleben, sie lächelt mir zu, ein wenig müde, dann verabschieden wir uns mit einem Kopfnicken, sie eilt den Gang hinunter auf quietschenden Gummisohlen.

*

Auf dem Nachhauseweg schaue ich, wie versprochen, bei der Nachbarsfamilie vorbei, Anka wirkt wohlgenährt und ordentlich versorgt, die Kinder spielen den ganzen Tag mit ihr, sagt die freundliche Frau, das wird noch ein Drama geben, wenn der Herr Melchior wieder aus dem Krankenhaus kommt und wir den Hund zurückgeben müssen.
Simon ist schon zu Hause, als ich die Türe aufsperre, er sitzt im Wohnzimmer, und der Fernseher läuft, ein leeres Whiskeyglas steht auf dem Tisch. Simon dreht sich zu mir um, seine Augen sind gerötet, er wirkt abgespannt, als ob er gegen eine Erkältung ankämpfen würde. Gerade warst du im Fernsehen zu bewundern, schade, daß du es versäumt hast, sagt mein Mann.
Ich bin ein wenig ratlos, aber dann fällt es mir wieder

ein, mein Kurzinterview auf dem Karlsmarkt, der junge Mann mit dem aufdringlichen Mikrophon, ach das, sage ich, das habe ich fast schon wieder vergessen.
Du vielleicht, mein Schatz, sagt Simon, seine Stimme klingt heiser, ich stehe im Türrahmen und nestle meinen Schal vom Hals.
Dabei war dieser Auftritt wirklich bemerkenswert, fährt Simon fort, mein Kompliment, was denkst du dir eigentlich dabei, Agnes, kannst du nicht wenigstens ab und zu einmal an mich denken, an meine Position, »cuisine« will eine Titelgeschichte über mich bringen, alles läuft bestens, und dann so etwas, wie konntest du mich nur so bloßstellen?
Ich falte meinen Schal zu einem kunstvollen Gebilde, das gleich wieder zerfließt, dann gehe ich die paar Schritte zu Simon, ich würde ihm gern die Hand auf die Stirn legen, er wirkt so fiebrig, aber Simon wendet sich ab, Agnes, es ist nicht immer leicht mit dir, weißt du das?
Darauf gibt es wenig zu sagen, ich setze mich in den Polstersessel schräg neben meinem Mann und gieße mir ebenfalls ein Glas voll, dann starren wir auf den Bildschirm, draußen vor der Terrassentür geht die Dämmerung gerade in eine regenschwere Nacht über.

*

Dann stehen wir wieder am Flughafen, Simon blickt auf die Uhr, ich krame in meiner Handtasche, ein Mann mit Aktenkoffer prallt gegen mich, wir stehen ein wenig ungünstig, sind ständig im Weg.
Ich glaube, ich gehe lieber durch die Sperre, sage ich, so selbstverständlich wie möglich, ich möchte noch Zigaretten kaufen und vielleicht ein paar Parfums, kleine Mitbringsel kann man immer brauchen. Simon blickt mich an, dann halten wir uns umschlungen, komm bald zurück, Agnes, sagt mein Mann.

Dir geht es doch viel besser ohne mich, möchte ich am liebsten antworten, dann hast du keinen Ärger mit deiner scharfzüngigen Frau, aber solche Sätze sagt man wohl nicht zum Abschied, ein kantiger Koffer bohrt sich in meine Kniekehlen, ich gehe jetzt wirklich lieber, sage ich, und das tue ich dann auch, wir winken uns liebevoll und mit ernsten Gesichtern, dann dreht sich Simon um, ich schiebe meinen Paß unter einer gläsernen Trennwand dem Beamten zu.
Im Flugzeug bleiben die beiden Sitze neben mir leer, erleichtert stelle ich die Tüte mit den Zigaretten und den Stapel Zeitschriften ab, werfe meine Jacke darüber. Die Stewardeß reicht Sekt und Orangensaft, gesalzene Mandeln und flauschige kleine Papierservietten, ich bin so müde, daß ich den Start kaum registriere.
Die meiste Zeit fliegen wir über einer gleißendweißen Wolkendecke dahin, Fisch und Obstsalat werden serviert, manchmal reißt die Wolkendecke für ein paar Augenblicke auf und gibt eine grünbraun gesprenkelte Erde preis, eine einzige schmale Straße scheint die Häuser und Dörfer drunten zu verbinden, ein schloßähnliches Anwesen liegt von Hecken gesäumt da, dann schließen sich die Wolken wieder.
Ich blättere in meinen Magazinen, Urlaub ist die Zeit der Krisen, erfahre ich, setzen Sie keine zu großen Erwartungen in ein Liebeswochenende, überfrachten Sie den Partner nicht mit Ihren heimlichen Wünschen und Erwartungen.
Die Stimme des Kapitäns meldet sich aus dem Cockpit, wir haben soeben Danzig überflogen und erwarten für die nächste halbe Stunde einige Turbulenzen, bitte bleiben Sie angeschnallt.
Also bleibe ich angeschnallt, tief unter uns dehnt sich eine menschenleere Sumpflandschaft, mein Magazin lädt ein zum großen Partnerschaftstest, ausgearbeitet

von Diplompsychologin Gisela Dörtte-Maiwald. Fällt es Ihnen schwer zu verzeihen, machen Sie gerne kleine Geschenke, pflichten Sie Ihrem Partner in der Öffentlichkeit eher bei, oder grenzen Sie sich lieber ab, wie oft schlafen Sie miteinander, nie, selten, mehrmals im Monat, jeden Tag, hegen Sie heimliche Wünsche, die Sie nicht auszusprechen wagen?
Verstohlen blättere ich zum Heftende und schaue mir die Auswertung an. »A« signalisiert ein starkes Harmoniebedürfnis, »B« bedeutet den Wunsch nach ausgewogener Selbständigkeit, »C« sollte man eher meiden, es handelt sich um den einzelgängerischen Individualisten. Dann blättere ich wieder zurück und fülle gewissenhaft den Test aus, mein Harmoniebedürfnis erscheint mir grenzenlos.
Aber zweiundzwanzig Punkte ergeben »C«, da hilft alles Nachrechnen nichts, armer Simon, wie hältst du es bloß mit mir aus, erbittert starre ich Frau Dörtte-Maiwald an.

4

Der Duft des Sommers hat sogar die dunkle Yanovka-Kapelle erobert, statt nach feuchtem Mauerwerk riecht es unter der Kuppel plötzlich nach jungem Gras und dem nahen Fluß, nach den Zwiebelringen, die Valentin und Ljuba großzügig über ihre mitgebrachten Mahlzeiten verteilen, ich denke mir, wie köstlich doch ihre Küsse schmecken müssen.

Zu Mittag öffnen wir das Tor und stellen die Heizkörper ab, die Sonne tastet sich jeden Tag ein paar Zentimeter weiter ins Innere vor, wie der Lichtkegel bei einer Preisverleihung, der das Werk langer mühseliger Stunden zum Funkeln bringt. Die Kinder kommen nun täglich, ohne Scheu gehen sie ein und aus, Valentin und Ljuba verteilen Brote mit Wurst und Gurkenscheiben und Zwiebelringen, Irinas Tasche wird immer schwerer, neben dem gewaltigen Schlüssel der Yanovka-Kapelle schleppt sie außerdem Kannen mit heißem Tee heran, saubere kleine Pullover, die an den Ärmeln gestopft sind, eine Tube mit Heilsalbe.

Juri, Juratschko, ruft Irina jeden Mittag und beugt sich zu dem Kind mit der Narbe quer über die Stirn, ich höre sie flüstern, während sie behutsam eine weißliche Paste auf die vernarbte Wunde tupft, das Kind läßt es mit sich geschehen, wie ein verwahrloster Hund, der einen Tritt erwartet und statt dessen ein Kraulen verspürt.

Nur meine Tennisschuhe aus strahlendweißem Leder

waren natürlich eine unsinnige Gabe, die Kinder wollten sie erst gar nicht probieren, sind dann nur zögernd und mit unsicheren Schritten in der Dämmerung verschwunden. Am nächsten Tag sind sie ohne Lederschuhe erschienen, haben statt dessen wieder uralte, ausgetretene Schlappen an den Füßen getragen, wie man sie sogar in St. Petersburg in den Mülltonnen findet.

Diese Schuhe waren viel zu teuer, hat Irina zu mir gesagt, ein wenig vorwurfsvoll, damit bekommen sie nur Schwierigkeiten, man hat sie ihnen sicher weggenommen, besser, wir besorgen Schuhe, die nicht auffallen.

In der nächsten Mittagspause sind Irina und ich in den Laden gegangen, der sich nur zwei Straßen weiter an einer Ecke befindet, Supermarket steht über dem Eingang in Neonschrift, am Abend leuchtet außerdem ein Cowboy in Rot und Blau, wie ein Bote aus einer fernen Welt, wo es einfach alles zu kaufen gibt, Erdbeeren zu jeder Jahreszeit und Wäsche aus schneeweißer Baumwolle, Tampons in allen Größen und Schokoriegel mit Mandelsplittern. Das alles verspricht der blinkende Cowboy, aber hinter der Tür aus geripptem Glas hat sich wenig verändert, in den Regalen türmt sich das übliche Angebot an Konservenbüchsen und Stiefeln aus Kunstleder, schwarzem Tee und verstaubten kleinen Taschenkämmen, dazu noch Schwäne, die eine Glühbirne im Bauch zum Leuchten bringt.

Irina schubst mich zielsicher durch die Regalreihen, dann hat sie entdeckt, was wir suchen, einen Waschkorb voller Kinderschuhe, Sandalen aus dunkelbraunem Leder, Halbschuhe aus gelblichem Cordsamt mit Plastiksohle, Turnschuhe mit einem aufgenähten Entchen. Wir wühlen in dem Korb und finden zum Glück zu jedem Schuh das passende Gegenstück, schließlich haben wir vier Paare in den ungefähr brauchbaren

Größen zusammengestellt, ich bezahle und bekomme eine Nylontüte voller Kinderschuhe ausgehändigt.
Diesmal wirken die Beschenkten beinahe erleichtert, den Zwillingen passen die Cordschuhe, Grischa zurrt sich die Sandalen über ausgebleichten Ringelsocken fest, für Juri bleiben die Turnschuhe mitsamt dem Entchen.
Den Rest des Tages staksen sie alle ein wenig unbeholfen zwischen den Kirchenbänken umher, Grischa wackelt mit den Zehen, lacht und zeigt seine ausgeschlagenen Vorderzähne. Ich denke mir, daß ich in wenigen Wochen diese Stadt für immer verlassen werde, es gilt, Abstand zu halten, Irina zaust das Haar der Kinder, ich stehe daneben und lasse meine Arme baumeln.

*

Mit erstarrten Fingern klammern wir uns an einem Brückenpfeiler fest, die alte Frau und ich. Wir sind die einzigen Menschen, die das Unwetter mitten auf der Kirow-Brücke überrascht hat, alle anderen haben sich rechtzeitig in Deckung gebracht, nur die alte Frau war zu langsam auf ihren geschwollenen Füßen, und die Fremde hat die schwarzen Wolken einfach nicht ernst genommen.
Unter uns tost die Newa, die Wellen schaukeln so hoch wie auf dem offenen Meer, über uns Donner und Blitz, der Sturm zerrt am Kopftuch und Einkaufsnetz der Frau, nadelspitze Tropfen prasseln gegen unsere Gesichter. Und dann, innerhalb von Sekunden, ist der Spuk vorbei. Die schwarzen Wolkengebirge verschwinden hinter der Peter-und-Paul-Festung, wie eine Theaterkulisse von unsichtbaren Händen gezogen, der Orkan wird zu einer leichten Brise, sogar die Sonne wagt sich hervor.

Erleichtert lächeln wir uns zu, die alte Frau und ich, halten ein Schwätzchen, obwohl wir kein Wort voneinander verstehen. Zur Erinnerung an den gemeinsam überlebten Schrecken bekomme ich ein Heiligenbild mit Goldflitter geschenkt, revanchiere mich dafür mit sauren Drops. Meine neue Freundin winkt mir nach, bis die Krümmung der Brücke uns endgültig trennt.

Ich blicke auf die Uhr und beschleunige meine Schritte, Elvira Mertens wartet höchstwahrscheinlich schon in der Lobby des »Puschkin«-Hotels auf mich. Ihr Besuch ist überraschend gekommen, die Vorsitzende der »Stiftung zur Erhaltung osteuropäischer Kulturdenkmäler« hat an einer Tagung in Helsinki teilgenommen und sich kurzfristig zu einem Abstecher nach St. Petersburg entschlossen. Hoffentlich haben Sie überhaupt Zeit für mich, Agnes, hat Elvira Mertens gestern abend am Telephon gemeint, aber es hat wenig bittend geklungen, eher sachlich, wir haben uns über einen Treffpunkt geeinigt.

Im Foyer des »Puschkin« ist es am frühen Nachmittag angenehm ruhig, die Manager aus dem Westen schikanieren um diese Zeit verunsicherte Vorzimmerdamen und devote Kollegen der neuen Filiale vor Ort, die bildhübschen jungen Russinnen, die jeden Abend auf den Barhockern balancieren, sitzen vermutlich noch beim Friseur. Dafür hat Elvira Mertens den besten Platz besetzt, lässig winkt sie zwischen Palmwedeln hervor, ganz in Grau, eine Zigarette zwischen den langen Fingern.

Leider hat mich ein Gewitter überrascht, mitten auf der Kirow-Brücke, ich weise entschuldigend auf meine tropfnassen Schuhe und den welken Rocksaum, Elvira Mertens wedelt nachsichtig mit der Zigarette, Asche verteilt sich auf die hauchdünnen Plätzchen, die man ihr zum Tee serviert hat.

Wie geht es Ihnen, fragt Elvira Mertens, irgendwie wirken Sie verändert, vielleicht ein wenig russisch, Elvira Mertens dämpft ihre extralange Pall Mall in einem hauchdünnen Tellerchen aus, das gewiß nicht als Aschenbecher vorgesehen war.
Ein Kellner erscheint mit einem Tablett voller Kännchen und Tassen, braunem und weißem Zucker sowie einem Stövchen, dessen Kerze er mit einem Streichholz entzündet. Alles wird arrangiert und ausgerichtet, eine Serviette über meinen Schoß gebreitet, auf daß kein Krümel den Rock des Gastes verunzieren möge, der Kellner verneigt sich und zieht sich zurück, sogar Elvira Mertens wirkt beeindruckt von so viel Zeremoniell.
Danke, es geht mir ausgezeichnet, beantworte ich ihre Frage von vorhin. Die Arbeit ist unglaublich interessant, es geht besser voran als erwartet. Wir sind jetzt schon ein richtig eingespieltes Team, meine Kollegin Irina ist unbezahlbar, ich habe noch nie jemanden derart behutsam arbeiten gesehen, sie hat exakt die Prise Fingerspitzengefühl, die man braucht, wenn man gar nicht mehr weiter weiß, wenn alle Linien enden, dann ahnt Irina, wie es weitergehen muß, sie hat bis jetzt immer recht behalten, wenn Sie uns in der Kapelle besuchen kommen, dann werden Sie staunen.
Ich nehme einen Schluck vom Tee und gieße einen ordentlichen Schuß Rum in die Tasse, drei Stück Zucker dazu, die in Sekundenschnelle schmelzen, Elvira Mertens beobachtet mich dabei, sie unterbricht mich nicht.
Außerdem, so erzähle ich weiter, sind da noch Ljuba und Valentin, die beiden kommen direkt von der Kunsthochschule, ihr Professor hat sie empfohlen, sie sind mit Feuereifer bei der Arbeit. Nächste Woche bekommen wir vielleicht sogar noch Verstärkung, eine Abordnung vom Stadtsenat hat uns besucht, die waren so angetan von der Restaurierung, daß sie uns Un-

terstützung versprochen haben, sie würden auch für die Kosten aufkommen.
Elvira Mertens entzündet eine neue Pall Mall, inhaliert und bläst den Rauch aus ihren elegant geschwungenen Nasenflügeln, das Grau des Wölkchens schwebt vor dem Grau ihres Twinsets.
Ich habe gar nicht gewußt, daß Sie rauchen, sage ich, dabei geht mich das nun wirklich nichts an.
Ab und an, sagt Elvira Mertens, ab und an vergönne ich mir eine kleine Schwäche, man muß seine Laster sparsam dosieren, nach zwanzig Zigaretten hat man bloß einen bitteren Geschmack im Mund, aber so ein Zigarettchen in einer Hotelhalle in St. Petersburg, das kitzelt am Gaumen, was ist denn Ihr Laster, liebe Agnes?
Das Alleinsein, sage ich, ich sage es ganz spontan und bin selbst verblüfft über diese Antwort, ich nehme einen Schluck vom Tee und versuche, diese Antwort möglichst harmlos klingen zu lassen, wohldosiert natürlich, das Alleinsein, sonst schmeckt es bitter am Gaumen.
Und was sagt Ihr Mann dazu? Elvira Mertens ist keine, die lange um den heißen Brei herumredet.
Alles bestens, sage ich, wir sind ein modernes Paar und haben eine moderne Beziehung, ich gieße noch etwas Rum in meinen Tee, Elvira Mertens bläst Kringel in die Luft.
So sitzen wir da, in der Lobby des »Puschkin«-Hotels, reden wenig und rauchen und trinken Tee mit Rum, zwei Frauen, die alles im Griff haben, sich selbst und ihre Laster.

*

Am nächsten Vormittag glänzt die Newa wie dünnflüssiges Öl, die Brücken spiegeln sich an ihrer Oberfläche, vor der Eremitage stehen die Touristen Schlange. Elvira Mertens geht neben mir, schmal und elegant,

den Kragen hochgestellt, eine dunkle Sonnenbrille verbirgt ihr halbes Gesicht.
Im Sommergarten sitzen Studenten auf den Parkbänken und sind in ihre Skripten vertieft, ein alter Mann fegt mit einem Reisigbesen Blätter zusammen. Auf der Korowski-Brücke wird es merklich kälter, ich werfe einen mißtrauischen Blick zum Himmel, aber kein Wolkengebirge sammelt sich hinter der Peter-und-Paul-Festung, wie eine blaßblaue Kuppel wölbt sich dieser Tag über der Stadt.
Nach der Korowski-Brücke biegen wir ein in das Geflecht der staubigen Straßen auf der Petrograder Seite der Newa, Grasbüschel wuchern aus Hausmauern und Pflastersteinen, eine Frau kettet ihr Fahrrad am Stamm einer Birke an, es riecht nach Teer und Dieselöl.
Die Tür zur Yanovka-Kapelle steht offen, auf den Stufen sitzen die Zwillinge und essen Chips aus einer Tüte. Ich gehe voran, Elvira Mertens nimmt ihre Sonnenbrille ab, als wir ins Dämmerlicht des Altarraumes treten. Dann stehen wir da und blicken uns schweigend um, ich versuche den Raum mit den Augen der Frau an meiner Seite zu sehen.
Staub und Dreck und Leitern und Gerüste die Wände entlang. Drei Menschen in verwaschenen Arbeitsmänteln, die in seltsamer Haltung vor einem gemalten Faltenwurf kauern. Ein Kind, das zusammengesunken in der ersten Bankreihe sitzt und schläft. An den Mauern um uns ein halbfertiges Puzzle aus bärtigen Gesichtern und Engelsköpfen, nackten Waden und erstarrten Gesten des Bittens und Flehens, eine Prozession, die sich quer durch die Yanovka-Kapelle bewegt, auf einen Mann mit Augenbrauen wie schwarze Balken zu, er hat die Arme leicht angewinkelt, um die Bittsteller zu empfangen, ich denke mir, daß wenig Freundlichkeit in dieser Geste liegt.
Ah ja, sagt die Frau neben mir, sie sagt es sachlich und

professionell, ich bin ihr dankbar dafür, keine Laute der Begeisterung und des tiefempfundenen überwältigten Pathos, mit dem so viele auf Kunst zu reagieren glauben müssen. Ah ja, das sieht doch schon recht ordentlich aus, sagt Elvira Mertens, obwohl, dieser Typ mit dem Heiligenschein da vorne wirkt ja wenig tröstend, wie sehen Sie das, Agnes?
Irina ist zu uns getreten, Valentin und Ljuba schließen sich an, ich stelle alle einander vor. Dann wird unser Gast durch die Kapelle geführt, Irina erklärt die bisherigen Arbeitsschritte, die originale Wandmalerei wird wohl aus der zweiten Hälfte des 18. Jahrhunderts stammen, als Katharina die Große herrschte, Übermalungen und Ausbesserungsarbeiten haben den ursprünglichen Charakter verändert, aber nichts ist endgültig verlorengegangen, die Yanovka-Kapelle hat Eis und Feuer und Bomben getrotzt, zum nächsten Osterfest soll sie feierlich neu geweiht werden.
Wir klettern über Leitern auf schmale Galerien aus rohen Brettern, Elvira Mertens kniet sich nieder, um alles aus nächster Nähe zu betrachten. In einem unbeobachteten Moment gehe ich zu Juri, der in der ersten Bankreihe schläft, und lege ihm eine Decke um die Schultern, mit einem wohligen Schnaufen vergräbt er sein Kinn darin.
Nach einer Stunde ist Elvira Mertens so untadelig gewandet wie immer, kein Farbrest und kein Mauerstaub verunziert ihren sandfarbenen Mantel. Wir verabschieden uns von Irina, Valentin und Ljuba und treten wieder ins Tageslicht hinaus, die Zwillinge sind verschwunden, dafür läuft jetzt eine Meute von Halbwüchsigen quer über den Platz hinter einem Ball her.
Schön, daß Sie noch Zeit für mich haben, Agnes, sagt Elvira Mertens und schiebt sich die Sonnenbrille mit dem Zeigefinger den Nasenrücken hinauf, das war wirklich beeindruckend, dieses Projekt wird unserer

Stiftung Ehre machen, mit so einem Ergebnis läßt sich gut neues Geld schnorren, diese Irina wirkt ja sehr kompetent und sympathisch.
Ohne Irina wären wir erst halb so weit, bestenfalls, sage ich, sie ist eine phantastische Restauratorin und kennt alle Tricks und Kniffe, die das Leben hier leichter machen.
Wir haben wieder die Korowsky-Brücke erreicht, vor uns schimmern die Fassaden von St. Petersburg wie pastellfarbene Kulissen über der Newa, ein Aussichtsdampfer pflügt durch das Wasser zum Finnischen Meerbusen hinab. Ich bin gerne hier, höre ich mich sagen, zum Glück verweht der Wind meine Worte.
Auf dem Schloßplatz werden gerade Tribüne und Verstärkeranlagen für ein Rockkonzert am Wochenende aufgebaut, vor dem Torbogen des Generalstabsgebäudes steht eine lange Reihe von Kutschen für Stadtrundfahrten, die Pferde haben karierte Decken auf ihren Rücken liegen.
Höher als die Triumphsäule an der Place Vendôme, sage ich, mit einer vagen Geste, als wir an der Alexander-Säule vorbeikommen, drei Jahre hat es gedauert, bis der Granitblock aus Karelien hierher gebracht war, mehr als zweitausend Freiwillige haben ihn gezogen, nun ja, wahrscheinlich keine wirklichen Freiwilligen. Ich werfe einen Blick auf die Frau neben mir, ob sie wohl an solchen Daten und Fakten interessiert ist, aber Elvira Mertens wirkt durchaus beeindruckt, sie hat den Kopf in den Nacken gelegt und blinzelt zu dem Engel hoch, der die Spitze der Alexander-Säule ziert, wie mitten im Flug erstarrt, der Engel kann sicher das Meer sehen.
Wir schlendern den Newski-Prospekt hoch, queren die Gogol-Straße und den Ostrowski-Platz, im Keller des Palastes dort drüben wurde Rasputin ermordet, ich spiele ein bißchen Fremdenführerin, ob Simon wohl

Spaß hätte an solch einem Rundgang, er hat sich nie dazu geäußert, vielleicht sollte ich ihn einfach einladen, ein Ticket schicken, aber Simon ist ja in Berlin unabkömmlich, die neue Filiale soll eine allererste Adresse werden, Simon ist von frühmorgens bis zum Abend auf der Baustelle. Das Hupen eines Busses schreckt mich hoch, Elvira Mertens packt meinen Arm, aber da ist die Gefahr auch schon vorüber, ein Kind drückt sich an der Rückscheibe des Busses die Nase platt und staunt uns an, bis es in Abgaswolken verschwindet.

Wir biegen vom lärmenden Newski-Prospekt ab, gehen entlang dem Fontanka-Kanal, Möwen gleiten im Wind. Dort drüben wohnt Irina, sage ich und weise mit ausgestrecktem Arm auf eine Fassade voll schäbiger Eleganz, blaßgraue Erker und Türmchen, eine Front gespickt mit schmiedeeisernen Balkonen.

Elvira Mertens wirkt verblüfft, so nobel wohnt Irina, sieh an, ich sage kein Wort dazu, über Irina und ihre Mutter, die drei Familien und das junge Ehepaar, die sich eine hochherrschaftliche Etage an der Fontanka teilen, kein Wort über die verschiedenen Klingelknöpfe, die an der bröckelnden Mauer neben der Eingangstür angebracht sind, und die verschiedenen Klingelzeichen, die man sich einprägen muß, einmal kurz und zweimal lang, dann öffnet Irina.

Je weiter wir uns vom Newski entfernen, desto staubiger werden die Straßen, sogar die lackschwarzen Kappen an Elvira Mertens' Schuhen sind nun schon verkrustet. An einer Kreuzung entdecken wir ein kleines Lokal, drei Stufen führen zu einem hölzernen Portal, rotkarierte Gardinen hinter sauberen Fensterscheiben versperren den Blick ins Innere.

Wollen wir es wagen? Elvira Mertens nickt mir zu.

Drinnen stehen Klapptische mit Klappsesseln, die Papierservietten sind zu Dreiecken gefaltet, Gestecke aus roten Plastikrosen zieren jeden Tisch. An der Wand ge-

genüber vom Eingang prangt ein Poster, auf Karton aufgezogen, eine Basilika mit einem Dutzend Zwiebeltürmen, ihre vergoldeten Dachziegel geben auch dem Lokal ein festliches Gepräge.
Elvira Mertens wirft ihren Mantel achtlos über einen der Klappsessel, sie wirkt so souverän wie immer, als ob sie gerade im »Puschkin« hofhalten würde, der Wirt eilt herbei. Das handbeschriebene Blatt Papier, das die Speisenkarte darstellt, hilft uns wenig, kyrillisch ist mir ebenso geläufig wie mesopotamisch, wir einigen uns dennoch problemlos auf Tee und Hamburger, das Wort »Hamburger« verwende ich einfach und überall, um Hunger auszudrücken, dann lasse ich mich überraschen.
Diesmal sind es Spießchen von gebratenem Fleisch, die der Wirt sichtlich mit Stolz serviert, dazu Krautsalat und rote Rüben, Brot und Butter und Salz, heißen schwarzen Tee mit Zucker und Zitronenscheiben, die appetitlich auf einem Glasteller angerichtet sind.
Beim Frühstück im »Puschkin«-Hotel hat Elvira Mertens gerade mal an einem Stück Grapefruit geknabbert, aber jetzt hält sie die Spieße mit beiden Händen fest und schlägt ihre weißen Zähne ins Fleisch, wie eine anmutige Wölfin, die endlich ein Wildschwein gerissen hat.
Wer war dieses Kind, fragt Elvira Mertens.
Welches Kind, frage ich zurück und tupfe mir mit einer Papierserviette das Fett vom Mund.
Das Kind, zu dem Sie hingegangen sind, Sie wissen schon, dem Sie eine Decke über die Schultern gelegt haben.
Ich stopfe mir den Mund mit Krautsalat und roten Rüben voll, mit vollem Mund soll man nicht sprechen, das weiß gewiß auch Elvira Mertens.
Aber irgendwann ist auch der letzte Krümel vertilgt, eine Zitronenscheibe voller Konzentration im heißen

Tee versenkt, drei Würfel Zucker dazu und umgerührt, ich blicke Elvira Mertens an.
Ach, das meinen Sie, sage ich, ich dachte, ich hätte Ihnen davon erzählt, es sind Straßenkinder, sie kommen seit ein paar Wochen, anfangs wollten sie sich wohl nur aufwärmen, aber jetzt gehören sie fast schon dazu, wir versorgen sie ein wenig mit Essen und Kleidung, mit dem Jüngsten waren wir beim Arzt, er hatte so eine üble Schramme über der Stirn, aber es war nur eine oberflächliche Wunde, hat der Arzt gesagt, kein Grund zur Besorgnis, diese Kinder sind zäh.
Elvira Mertens klopft eine Pall Mall aus der Schachtel und hält sie mir hin, der Wirt kommt herbeigeeilt und gibt uns Feuer, die Männer in St. Petersburg sind oft von einer altmodischen Höflichkeit, sogar Handküsse sind mir schon widerfahren, wir sitzen da und rauchen und trinken Tee.
Sie lassen sich doch hier auf nichts ein, Agnes, Elvira Mertens klingt so sanft und einfühlsam wie die Mathematikprofessorin, die mich dereinst hat durchrasseln lassen, ein Jahr vor dem Abitur, es ist nur zu deinem Besten, liebe Agnes, glaube mir, irgendwann wirst du mir dafür dankbar sein, auch wenn du dir das heute noch nicht vorstellen kannst.
Ich lasse mich hier auf eine Menge ein, sage ich, vielleicht habe ich mich bisher sogar viel zu wenig eingelassen, in jedem Fall brauchen Sie sich nicht zu sorgen, die Arbeit in der Kapelle wird pünktlich und gewissenhaft erledigt.
Das habe ich nicht gemeint, und das wissen Sie auch ganz genau. Elvira Mertens seufzt und drückt ihre Zigarette aus. Glauben Sie mir, ich kenne solche Gefühle. Aber es ist zu spät für diese Kinder. Diese Kinder haben zu lange auf der Straße gelebt. Diese Kinder wissen sicherlich mehr über Sex als Sie und ich je ahnen werden.

Ich starre auf die rotgewürfelten Gardinen, zähle die Karos und ignoriere einfach das Geschwätz von Elvira Mertens.

Wie heißt dieses Kind aus der Bank, fragt sie gerade.

Juri, sage ich.

Juri wird Sie vergessen haben, sobald Sie im Flugzeug sitzen, sagt Elvira Mertens. Er muß sich aufs Überleben konzentrieren. Machen Sie es ihm nicht noch schwerer mit Ihrer Gefühlsduselei.

*

Sie müssen unbedingt kommen, sagt Irina, die gerade ihre Pinsel reinigt, aus der alten Konservendose steigt der köstliche Duft von Terpentinlösung hoch, Sommerfeste bei Kolja sind einfach … Irina schneidet eine Grimasse und sucht nach Worten, die westlichen Eigenschaftswörter der Superlative sind ihr noch nicht geläufig, super, phantastisch, unglaublich, ein Wahnsinn, Irina ringt die Hände in gespielter Verzweiflung … Sommerfeste bei Kolja sind das Größte.

Ich komme, sogar sehr gerne, ich lege Irina beruhigend den Arm um die Schultern, so stehen wir da und lassen unsere Blicke schweifen, statt Moder und Düsternis umgibt uns täglich mehr Helligkeit, das Blau und Rostrot der Gewänder, das Elfenbeinfarben der Gesichter und Gliedmaßen, das Gold des Heiligenscheins. Die Fenster sind geputzt, die Steinfliesen des Bodens werden erneuert, die Abordnung des Stadtsenates hat Wort gehalten und sich an den Restaurierungsarbeiten tatkräftig beteiligt, jetzt gilt es noch den Feinschliff zu vollenden, das Mosaikband zu ergänzen, das wellenförmig das meterlange Wandgemälde zum Boden hin abgrenzt, die Ornamente aufzufrischen, die die Fenster einfassen. In wenigen Wochen wird unsere Arbeit vollendet sein.

Wer ist dieser Kolja eigentlich, frage ich Irina.
Irina bläht die Backen und zieht die Schultern hoch.
Eine gute Frage. Ich kenne ihn noch von der Kunsthochschule her, er wollte Bildhauer werden, dann haben wir uns aus den Augen verloren, es hat geheißen, er ist nach Moskau gegangen, aber nach dem Umbruch ist er plötzlich wieder aufgetaucht, er wohnt in einer Wohnung im obersten Stock beim Taurischen Palast, drei Zimmer nur für ihn ganz allein, können Sie sich das vorstellen, und Irina schüttelt den Kopf, drei Zimmer und nur ein Klingelknopf, da läßt sie ihre Phantasie im Stich.
Ich komme ganz sicher, diesen Kolja kann ich mir doch nicht entgehen lassen, sage ich und denke mir, daß dieser Kolja nicht sehr sympathisch klingt, wahrscheinlich ein übler Schieber oder noch Schlimmeres, aber das Viertel rund um den Taurischen Palast wollte ich mir schon längst einmal ansehen.
Warme Luft flutet durch die geöffnete Tür herein, im Geäst der Birken vor der Yanovka-Kapelle streiten sich die Spatzen. Drunten am Fluß stehen Juri und die Zwillinge und werfen Kieselsteine ins Wasser, ich habe ihnen gedeutet, vorsichtig zu sein, aber sie haben mich nur ausgelacht. Grischa, das älteste der Kinder, habe ich schon seit Tagen nicht mehr gesehen.
Sie kommen jetzt seltener, sagt Irina, zu deren zauberhaften Talenten auch das Gedankenlesen gehört, es ist doch Sommer, da schlagen sich viele dieser Kinder bis runter ans Meer durch, dort gibt es Datschas, die stehen meist die Woche über leer, man kann fischen und sogar noch Elche sehen, für Kinder ist das ein richtiges Paradies.
Dann arbeiten wir wieder weiter, nur das Kratzen unserer Spachteln ist zu hören und das Tschilpen der Spatzen.

*

Nach drei Monaten Aufenthalt wirkt mein Hotelzimmer im »Puschkin« schon fast persönlich, Bildbände stapeln sich auf dem Boden, ich habe Zeitungsausschnitte und Notizen hinter den Spiegel gesteckt, auf dem Schreibtisch prangt ein Strauß Kornblumen.
Rund ums Bett knirschen Chipsreste unter meinen Füßen, bei Dauergästen läßt die Sorgfalt der Zimmermädchen irgendwann ein wenig nach, dafür kenne ich die meisten nun schon beim Namen, Galina und Alissja und Elena, die so gerne an meinen Cremetöpfen nascht, glänzend und wohlriechend kommt sie mir auf dem Flur entgegen, mit gesenkten Augenlidern, ich kann mir das Lachen kaum verkneifen.
Ich wähle Simons Nummer in Berlin, schon zum drittenmal an diesem Abend, diesmal wird gleich nach dem ersten Klingeln abgehoben, mein Mann klingt ein wenig undeutlich, offenbar habe ich ihn unter der Dusche gestört.
Soll ich später noch einmal anrufen?
Wage es nicht aufzulegen, sagt mein Mann, du glaubst ja gar nicht, wie gut es tut, deine Stimme zu hören.
Du klingst ganz schön abgekämpft, sage ich, ist es so schlimm?
Schlimmer noch, sagt mein Mann und seufzt ausgiebig, wenn ich auch nur geahnt hätte, was mit diesem Projekt alles auf mich zukommt, dann hätte ich mich nie darauf eingelassen, die Kosten explodieren jetzt schon, die Auflagen der Baubehörde sind einfach ein Wahnsinn, dort eine doppelte Brandschutztür, da eine getrennte Waschgelegenheit, selbst für die Kunden, ich mache schon gar nicht mehr die Rechnungen auf.
Ich gebe besänftigende kleine Geräusche von mir, wie eine Mutter, deren Kind beim Indianerspielen im Park von einem feindlichen Kirschkern getroffen wurde, in einem Monat ist alles vergessen, dann bist du der

strahlende Besitzer einer Weinhandlung am Brentano-Platz in Berlin, das war doch immer dein Traum, denk daran.
Ja doch, Simon seufzt wieder, diesmal klingt es schon ein wenig geschmeichelt, wie läuft es denn bei dir da oben, ist die Mertens noch da?
Nein, die ist schon wieder abgeflogen, antworte ich, sie macht nur einen kurzen Abstecher nach Hause, ein wenig Staub wischen vermutlich, dann muß sie gleich weiter zu einer Konferenz nach Saudi-Arabien, es geht um Pest und Cholera und Seuchen, die wieder aufflammen, glaube ich.
Na viel Spaß, sagt Simon, die kommen ganz schön rum, diese hauptberuflichen Menschenfreunde, findest du nicht auch?
Doch, das tun sie, sage ich.
Aber immer noch besser, als für eine getrüffelte Kalbsbrust anzureisen, das sage ich allerdings nicht, manche Harmlosigkeiten gewinnen gefährlich an Schärfe, wenn sie quer über den Kontinent versandt werden, ohne zwinkernden Blickkontakt, in letzter Zeit hat so manches dumme Mißverständnis für teures Schweigen in der Leitung gesorgt.
Ach ja, sagt Simon, dein Herr Melchior ist wieder zu Hause, sie haben ihn aus dem Krankenhaus entlassen, die Gemüsehändlerin hat es mir erzählt, ich habe mir bei ihr letzten Samstag diese kernlosen süßen Weintrauben aus der Türkei gekauft, ein Stück Brie dazu und schon hat man ein Abendessen, ich habe ganz vergessen es dir zu erzählen, weil ich doch gleich wieder zurück nach Berlin mußte, der Architekt ist vielleicht ein Schnösel, aber jetzt kann ich ihn unmöglich mehr auswechseln, nun ja, jedenfalls ist dieser Herr Melchior wieder zu Hause, es hat angeblich niemand mehr damit gerechnet, daß er es noch schafft, die Gemüsehändlerin hat gesagt, daß sie ihn schon im

Garten gesehen hat, mit seinem Schäferhund, du weißt schon.
Ja, ich weiß, sage ich, danke, daß du es mir gesagt hast, ich war schon ziemlich besorgt, nie hat jemand das Telephon abgenommen, und auch auf meine Briefe habe ich keine Antwort bekommen.
Plötzlich überfällt mich ein heftiges Gefühl der Sehnsucht nach Simon, nach seiner warmen Haut, nach der Art wie er durch den Regen stapft, dampfend und siegesgewiß, ein Mann wie ein Kraftwerk, ich schließe die Augen und stelle mir vor, mich über Simon zu beugen, wir …
… jetzt laufen, sagt mein Mann, es tut mir leid, aber ich kann diese Miriam nicht länger warten lassen, sie ist immerhin im Kulturausschuß, wer weiß, vielleicht könnten wir ja einmal etwas Neues probieren, Weinverkostungen und dazu ein wenig Kultur, Lesungen oder vielleicht auch eine Vernissage, warum nicht, ich habe da allerhand Ideen in meinem Kopf, wir müssen uns unbedingt darüber unterhalten, ach Agnes, warum bist du bloß so weit weg, ich liebe dich, bleib mir treu, bis morgen.
Und Simon legt auf.

*

St. Petersburg, Mittwoch, 23. Juli

Lieber Herr Melchior!

Gestern abend habe ich endlich erfahren, daß man Sie aus dem Krankenhaus entlassen hat und Sie wieder zu Hause sind. Wie geht es Ihnen? Hoffentlich ist das Wetter schön und Sie können ein wenig im Garten sitzen – aber nichts umgraben!! – und mit Anka die Sonne genießen.
Haben Sie meine Briefe erhalten? Manchesmal braucht

ein Brief von hier nach Deutschland nur ein paar Tage, dann wieder Wochen, manchesmal kommt er auch gar nicht an.
Das Leben hier ist ganz schön aufregend, nichts ist selbstverständlich, aber zum Glück habe ich Freunde gefunden, vor allem meine Kollegin Irina hilft mir durch die Tücken des Alltags. In den letzten Wochen sind wir mit unserer Arbeit in der Kapelle ein gutes Stück weitergekommen, ich habe Fotos gemacht, Sie werden staunen. Am Anfang konnte man die Malereien nur erahnen, so viele Schichten Staub und Schmutz haben sich darüber abgelagert, an manchen Stellen waren sie schon ganz zerfallen. Aber nach und nach haben wir alles wieder hervorgeholt, jetzt ist es im Inneren der Yanovka-Kapelle fast so bunt wie in einer Kirche im Allgäu, nur daß die Figuren viel strenger blicken, es wirkt kein bißchen lieblich.
Ich bin mir sicher, daß Ihnen diese Stadt gefallen würde. Ich laufe stundenlang herum, am liebsten die Kanäle entlang, die beiden schönsten heißen Moika und Fontanka, wenn die Sonne scheint, dann fühlt man sich fast wie in Venedig.
Auch das Essen würde Ihnen zusagen, natürlich nicht die Restaurantküche im Hotel, die schmeckt wie überall, aber die typischen Gerichte, man kocht hier viel mit Rüben und Zwiebeln, überhaupt mit Gemüse, und vor allem lieben die Petersburger saure Sahne, über jeden Teller kommt ein Löffel voll, egal ob es eine Suppe, ein Eintopf oder ein Nachtisch ist. Die Mutter von Irina, meiner Kollegin, kocht noch nach den alten Rezepten, ich habe bei ihr schon Pelmeni, das sind gefüllte Knödel, und Schtschi gegessen, das ist eine Kohlsuppe mit Fleisch.
Schade, daß wir uns in diesem Frühsommer so selten gesehen haben, ich hätte gerne Ihren gratinierten Spargel gekostet, von dem Sie mir immer vorge-

schwärmt haben, aber das holen wir im nächsten Jahr sicher nach.
Jetzt sind gerade die »Weißen Nächte«, sie dauern von Ende Mai bis Ende Juli, es wird dann nie ganz dunkel, sondern auch in der Nacht herrscht eine Art Zwielicht, man muß sich erst daran gewöhnen, ich habe ziemliche Probleme mit dem Einschlafen. Nur die Einheimischen leiden nicht im geringsten, die werden erst am Abend so richtig munter, man trifft sich dann in den Wohnungen und feiert bis zum Morgen. Am kommenden Wochenende bin ich zu einem solchen Fest eingeladen, es findet in der Wohnung eines Bekannten von Irina statt, im Taurischen Viertel, gleich beim Smolny Kloster, das war im vorigen Jahrhundert ein Bildungsinstitut für höhere Töchter, dann sind die Komitees der Bolschewisten dort eingezogen und haben die Oktoberrevolution vorbereitet.
Lieber Herr Melchior, Sie merken, ich komme ins Schwatzen, wenn ich von dieser Stadt berichte. Es gibt so viel zu erzählen, ich freue mich schon sehr, wieder bei Ihnen in Ihrer gemütlichen Küche zu sitzen und zu reden. Passen Sie gut auf sich auf, und schonen Sie sich noch ein wenig, wir brauchen Sie.
Bitte kraulen Sie Anka von mir.

Ihre Agnes.

*

Einmal kurz und zweimal lang, Irinas Mutter öffnet die Tür und macht eine einladende Handbewegung, im Dämmerlicht des Flures wirkt sie für einen Augenblick jung und vergnügt, die Weißen Nächte haben seltsame Auswirkungen auf die Petersburger, das ist mir schon in den verschiedensten Situationen aufgefallen.
Mit kurzen Schritten trippelt sie mir voran, Irina steht im Rahmen des Zimmers, das sie gemeinsam mit ihrer

Mutter bewohnt, schön, daß Sie da sind, wir umarmen uns lachend.

Ich hole zwei Flaschen toskanischen Brunello aus meiner mitgebrachten Papiertüte und stelle sie auf den Tisch, im Devisenshop des »Puschkin«-Hotels waren die französischen Weine leider ausverkauft. Irinas Mutter hat sich in kürzester Zeit zu einer Weingenießerin von hohen Graden entwickelt, sie bevorzugt die schweren, erdigen Sorten, eher ungewöhnlich für eine Anfängerin im Verkosten, zu einer anderen Zeit und in einem anderen Leben wäre aus Irinas Mutter womöglich eine große Sommelière geworden, wer weiß.

Die Gläser stehen schon bereit, Irinas Mutter reicht mir den Korkenzieher, der Korken riecht nach Süden und milden Wintern, die die Reben streicheln, ich gieße vorsichtig unsere Gläser voll. Wir prosten uns zu, cheers, Irinas Mutter liebt diesen Trinkspruch, ich denke mir, daß manchmal schon ein einziges Wort ausreicht, um das Fernweh einer alten Frau am Fontanka-Kanal zu stillen.

Irina befindet sich offenkundig noch mitten in ihrer Toilette, in ihrem Haar stecken Klipse, auf dem Tisch steht ein Spiegel, vor dem Spiegel sind allerhand Döschen und Tiegel aufgebaut. Früher hat sich Irina ihre Cremes aus Butter und Kräutern gerührt, Blüten in Wodka für Gesichtswasser eingelegt, sie hat es mir bei einem ihrer seltenen Besuche im »Puschkin«-Hotel erzählt, als sie vor dem Glasregal in meinem Badezimmer stand. Ihre Haut hat es ihr nicht verübelt, Irinas Teint ist so milchweiß und zart wie ein Sahnehäubchen über heißer Schokolade, außerdem verwendet sie längst die Creme aus der blauen Dose.

Die Mutter hat es sich in dem einzigen Sessel mit Armlehnen bequem gemacht, Irina zieht ihre Lippen nach, ich koste vom Brunello und denke mir, daß ich stun-

denlang so sitzen könnte, in diesem Zimmer mit Koffern und Kompottgläsern auf dem Schrank, in dem die Dielen sanft unter den Füßen knarren.
Irina sendet mir ein Lächeln, das um Nachsicht bittet, ich weiß, ich habe mich verspätet, aber die Küche war so lange nicht frei, ich mußte doch das Essen für Mama und mich wärmen, wir konnten erst um drei Uhr an den Herd.
Ach was, ich verdrehe ein bißchen meine Augen, von mir aus brauchen wir auch gar nicht zu diesem Fest gehen, wir könnten doch hier bleiben, Musik hören und Ihrer Mutter Gesellschaft leisten. In Wirklichkeit hoffe ich darauf, daß Irinas Mutter sich gnädig zeigen könnte, ihre köstlichen Pelmeni mit Wurst und Zwiebeln und saurem Rahm zu fabrizieren, aber davon sage ich taktvoll nichts.
Irina reagiert beinahe wütend. Das kommt nicht in Frage, auf gar keinen Fall, wir gehen zu Kolja, ich habe schon zugesagt, und Irina zerrt energisch die Klipse aus ihrem feinen Haar, so viele Abende hat sie in diesem Zimmer, in dieser Wohnung verbracht, heute abend geht sie aus, was für eine Wonne, wer das nicht versteht, der lernt die freundliche Irina von einer ganz anderen Seite kennen.
Natürlich, sage ich besänftigend, es war ja auch nur ein Scherz, ich freue mich schon auf dieses Fest, was es dort wohl zu essen geben wird, frage ich mich unhörbar selbst, sicher keine Pelmeni, wahrscheinlich westliche Tütensuppen und Konserven, um internationales Flair zu demonstrieren, diesem Kolja traue ich alles zu.
Irina räumt ihre Tiegel weg, ich entkorke auch noch die zweite Flasche, so ein Wein muß atmen, kläre ich Irina auf, die mißbilligend den Kopf schüttelt, ihre Mutter zwinkert mir dafür zu, die Weißen Nächte sind lang und von seltsamen Trugbildern bevölkert, da schmeckt ein Brunello wie Medizin.

Auch ich ziehe meine Lippen nach, die goldene Hülle des Stiftes liegt so kühl in meiner Hand, in St. Petersburg sehen es die Gastgeber gerne, wenn man sich ein wenig feinmacht. Dann umarmen wir beide Irinas Mutter und stöckeln davon, zwei Frauen in schmalen Röcken, Irina trägt darüber eine weiße Bluse mit glockigen Ärmeln, ich habe mich für einen blauschimmernden Pullover entschieden, Rosenwasser hüllt uns in eine duftende Wolke ein.
Wir treten auf die Straße hinaus, Irina faßt nach meinem Arm, sie wirkt heute abend so übermütig und unbeschwert, wie zwei Schulmädchen stolpern wir dahin, kichernd versucht mich Irina in Richtung Kanal zu drängen.
Ein Rauschen schwillt in der Luft, je länger wir gehen, als ob sich direkt an der Anitschkow-Brücke ein riesiger Wasserfall gestaut hätte, aber es sind nur die Stimmen der Menschen, die sich über den Newski-Prospekt schieben, Familien kommen uns entgegen, Väter tragen ihre Töchter auf den Schultern, Soldaten mit Kindergesichtern unter viel zu großen Mützen lärmen an der Kreuzung zur Rossi-Straße, morgen früh müssen sie zurück in ihre Kasernen, aber heute nacht schlendern sie über den Newski und haben ein Mädchen im Arm.
Am Ostrowski-Platz nehmen wir den Bus, er ist so überfüllt wie immer, Irinas Haare kitzeln mein Gesicht. Gefährlich schwankend fahren wir am Marsfeld und am Sommergarten vorbei und biegen dann in die ruhigeren Straßen ein, die entlang der Newa bis zur Flußbiegung führen, an der Woinow-Straße steigen wir aus.
Der Bus rumpelt davon und plötzlich ist es still, kühle Luft kommt vom Fluß geweht, bringt die trockenen Blätter der Birken zum Rascheln.
Iwan wird da sein, sagt Irina unvermittelt, deshalb ist

sie also den ganzen Weg über schon so zappelig, ihr Geliebter wird da sein, Iwan der Schreckliche, denke ich still bei mir, hoffentlich hat er seine Frau und die Kinder und die Schwiegermutter zu Hause gelassen, damit sich Irina in der Illusion einer Beziehung wiegen kann, wenigstens einen Abend lang, irgendwie bin ich Kolja und seinen Gästen über mißtrauisch gestimmt, wie schön, sage ich laut, endlich lerne ich ihn kennen.
Sie müssen wissen, sagt Irina, aber ich falle ihr ins Wort, du mußt wissen, sage ich und betone das Du, schon seit geraumer Zeit duzen wir uns immer wieder, sozusagen versehentlich, aber nie haben wir diese Vertraulichkeit hochoffiziell gemacht, auch jetzt haben wir kein Glas Schnaps zur Hand und spitzen nicht die Lippen zum Kuß, statt dessen puffen wir uns nur ein wenig verlegen in die Seiten, und dann sind wir da, hier ist es, sagt Irina und deutet auf einen hohen schmalen palastartigen Bau mit hölzernen Balkonen, der ganze erste Stock ist hellerleuchtet, lachende Stimmen dringen aus einem geöffneten Fenster, na, was sagst du?

*

Die Stufen der Treppe sind aus weißmarmoriertem Stein, das Geländer ist aus dunkelbraunem Holz geschnitzt. Im ersten Stock steht eine Flügeltüre weit offen, Rauchschwaden ziehen durch den Flur, es riecht nach Suppe und dem säuerlichen Geruch von verschüttetem Wein und nach unendlich vielen kleinen Wolken Rosenwasser.
Die Menschen stehen so dicht wie eine Mauer, aber Irina schiebt mich unerbittlich vor sich her, wir zwängen uns zwischen Pärchen hindurch und umschlängeln heftig gestikulierende Gruppen, die Wohnung erscheint mir wie eine Mixtur aus Labyrinth und Harem

und Spiegelkabinett, Buchregale füllen die Nischen aus, über die Sofas sind Decken aus rotem Samt gebreitet, auf den Decken räkeln sich die Gäste, in einem Raum perlt Vivaldi, im nächsten dröhnt russischer Hardrock.
An einer Fensterbank legen wir eine kurze Rast ein und lassen die Blicke schweifen. Unser Standort ist nicht ungünstig gewählt, wir befinden uns in nächster Nähe zu einem meterlangen Buffet, das schon erste Plünderungen überstanden hat, drei junge Männer ziehen gerade mit vollbeladenen Tellern davon.
Über uns funkelt ein Kronleuchter, der auch in der Eremitage nicht fehl am Platz wäre, ein Schieber, dieser Kolja, ganz eindeutig, ich muß Irina unbedingt vor ihm warnen, in ihrem Beruf bekommt sie es immer wieder mit Kostbarkeiten zu tun, das wird diesem feinen Herrn sicher nicht entgehen.
Irina begrüßt gerade überschwenglich eine junge Frau, schiefergraue Augen zu barolofarbenem Haar, eine Figur wie eine Tänzerin, das ist Mascha, sie hat früher in unserem Haus am Fontanka-Kanal gewohnt, nur einen Stock höher, dann ist sie weggezogen, nach Moskau, Irina spricht den Namen der Hauptstadt voll leiser Verachtung aus, aber nun ist Mascha ja zurück, wir schütteln uns die Hände, Irina organisiert Gläser für einen ersten Schluck.
Sie kommen aus Deutschland, sagt Mascha, Irina hat mir schon von Ihnen erzählt, ich war erst einmal dort, in Berlin, es war unglaublich, in einem Kaufhaus habe ich drei Kleinigkeiten gekauft, einen Lippenstift, Slips und Badesalz, und drei verschiedene Tüten dazu bekommen, für jedes Stück eine eigene Tüte, einfach Wahnsinn.
Sie sprechen aber gut Deutsch, sage ich.
Das habe ich meiner Großmutter zu verdanken, sagt Mascha, sie ist noch vor dem Krieg aus Lübeck hier-

hergekommen, sie war Kommunistin wissen Sie, eine phantastische Frau, einfach unglaublich, ich muß Ihnen einmal Photos von ihr zeigen, kommen Sie mich doch besuchen, ahhh, Irina, endlich, ich verdurste.
Amüsiert ihr euch, Irina war in einem früheren Leben gewiß eine Glucke, besorgt schaut sie uns an, phantastisch, sage ich, Maschas Vorliebe für überschwengliche Beschreibungen steckt an, einfach unglaublich, ehrlich.
Die Gläser sind mit eiskaltem Tau beschlagen, eine silberklare Flüssigkeit perlt darin, Weißes Bier, sagt Irina und lacht, Mascha lacht ebenfalls über mein mißtrauisches Gesicht, Wodka mit Champagner, es schmeckt phantastisch, probieren Sie es einfach, und das tue ich dann auch, ganz plötzlich steht mein Rachen in Flammen, es prickelt und zischt in meiner Speiseröhre, dann ist der erste Schluck Weißes Bier in meinem Magen gelandet, allerdings, es schmeckt phantastisch, wie eine Handgranate im Bauch.
Irina wirkt ein wenig unruhig, kann ich dich kurz alleine lassen, und schon ist sie im Getümmel verschwunden, Mascha wird gerade von einem Mann mit Goldring im Ohr in ein vertrauliches Gespräch gezogen.
Ich streife ums Buffet, dieses einzige Glas Weißes Bier ist mir bedenklich zu Kopf gestiegen, und es werden sicherlich noch mehr heute nacht. Auf Leinentüchern, die bis zum Boden wallen, sind Schüsseln mit Salaten aufgebaut, Krabben und Aal und Lachs, Wurstscheiben mit Dill garniert, Eihälften mit Mayonnaisekringeln, über einem Stövchen köchelt ein Eintopf aus Bohnen und Speck, es gibt Fleischspieße und gebratene Hühnerkeulen, dazu saure Sahne in einem irdenen Gefäß mit Schöpfkelle. Auf einer Glasplatte sind Rosinenbrötchen und Blätterteiggebäck zu einer wackeligen Pyramide geschichtet, auf einem Teller türmen sich kleine Pfannkuchen.

Ein Mann reicht mir einen Teller, try the soup, er ist mindestens einen Kopf größer als ich, sehr schlank und blaß, unter seinen Augen liegen dunkle Schatten, zwischen seinen Nasenflügeln und seinen Mundwinkeln haben sich tiefe Falten gekerbt. Thanks, murmle ich und nehme höflich den Teller entgegen, die Suppe mag ich mir dann doch nicht aufschwatzen lassen, ich häufe mir lieber Fischsalat und eine Extraportion saure Sahne auf den Teller, der Mann schaut mir dabei zu, jetzt hat er wieder die Hände in die Hosentaschen gesteckt, offenbar hält er wenig vom Essen. Ich nehme mir noch ein weißes Brötchen und bleibe ein wenig planlos stehen, Weggehen wäre wohl unhöflich, der Mann reicht mir lächelnd eine Gabel.

So you are Irina's friend, seine Stimme klingt eigentümlich heiser, als ob die Luft beim Sprechen über raschelndes Seidenpapier fließen müßte, auf seiner Stirn stehen winzigkleine Schweißperlen, ein attraktiver Mann denke ich, so groß und blaß und schmal, irgendein Geheimnis umgibt ihn, vielleicht kokst er ja, ich lächle zustimmend und koste vom Fischsalat, er ist vorzüglich, phantastisch, würde Mascha sagen, wo steckt sie bloß und wo steckt Irina, ich könnte ein wenig Beistand gebrauchen.

Der Mann steht noch immer neben mir, ein anderer ist dazugekommen und flüstert ihm etwas ins Ohr, ich widme mich meinen Krabben in Dill und Rahm. Sorry, mein unbekannter Gesprächspartner macht eine leichte Verbeugung, I will be back in a moment, ich nicke zustimmend, dann entschwindet er, sein Haar kräuselt sich im Nacken zu glänzenden Kringeln, sein Rücken ist ein wenig krumm.

Na, wie findest du Nikolaj, Mascha hat sich wieder zu mir gesellt, sie hat sich ebenfalls einen Teller vollgehäuft, mit Wurst und Dill und einem Rosinenbrötchen. Nett, sage ich, aber irgendwie ist er mir seltsam vorgekommen, als ob er Fieber hätte, seine Augen waren so glänzend.

Nikolaj ist schwerer Asthmatiker, sagt Mascha mit vollem Mund und stopft sich noch ein Stückchen Gurke nach, früher war das ein ziemliches Problem, die Medikamente haben nichts getaugt, aber jetzt läßt er sich seine Sprays aus Finnland schicken, das ist eine große Erleichterung.

Irgendwie bin ich froh über diese Erklärung, also doch kein stadtbekannter Drogendealer, ich hole zwei Gläser Weißes Bier für Mascha und mich, Irina ist nirgends zu sehen. So stehen wir am geöffneten Fenster und schauen hinaus auf die Straße, die Birken schimmern wie silbrige Skulpturen im Zwielicht, ein engumschlungenes Paar geht vorbei, ein wenig schwankend, ob vor Liebe oder Weißem Bier, ich denke mir, was ich doch für ein Glückspilz bin, hier stehen zu dürfen, am offenen Fenster in St. Petersburg, die Luft schmeckt nach Wasser und Gras, Irrlichter tanzen über dem gegenüberliegenden Dach.

Hier bist du ja, Irina zieht an meinem Ärmel, ich habe dich schon überall gesucht, ihre zarte Haut ist gerötet von den Schläfen bis zum Brustansatz, sie hat einen Mann an der Hand, der ein wenig verlegen dreinblickt, das ist Iwan, sagt Irina und ist jetzt ebenfalls ein klein wenig verlegen.

Sdrástwuite, hallo, ich schüttle Iwans Hand, sie ist sanft und voller Wärme wie der ganze Mann, ein schüchterner Gelehrter mit einer altmodischen Hornbrille, seine Wangen sind so glatt wie die eines Kindes, Iwan der Schreckliche, denke ich mir und fange plötzlich an zu lachen, zwei Glas Weißes Bier und schon betrunken, zum Glück lachen alle mit, Irina und Iwan und Mascha, jeder von uns hat wohl seinen Grund dafür.

Dann bummle ich mit Mascha durch die Räume, das

verliebte Paar lassen wir zurück, ich schüttle Hände und spreche Deutsch, Englisch und sogar ein ganz bemerkenswertes Russisch, dazu kippen wir eisige kleine Wodkas aus diversen Gläsern, in meinem Kopf rauscht die Brandung vom nahen Meer, vielleicht habe ich ja eine russische Großmutter, ich werde der Angelegenheit nachspüren.
Irgendwann stranden wir auf einem Sofa, der Mann mit dem Goldring im Ohr hält offenkundig eine Brandrede, das ist Leonid, flüstert mir Mascha zu, ein unglaublicher Langweiler, ignoriere ihn einfach, außerdem ist Nikolaj in meinem rechten Augenwinkel aufgetaucht, er wirkt jetzt erschöpft und zugleich entspannt, rote Flecken haben sich auf seinen bleichen Backenknochen gebildet, er lächelt mir zu und ich lächle zurück.
Do you like my city, sein Englisch klingt seltsam formell und gestelzt, Irina hat mir erzählt, daß viele aus ihrer Generation heimlich Fremdsprachen gelernt haben, mit Hilfe von alten Schulheften und Wörterbüchern, die Grammatik konnte man ja büffeln, aber woher sollten wir die richtige Aussprache wissen, deshalb klingt unser Englisch oft ein wenig komisch.
Ich tue Nikolaj meine Begeisterung über Petersburg kund, phantastic, marvellous, da will schon wieder jemand etwas von ihm, eine Frau mit nackten Schultern beugt sich zu ihm herab, sie wirkt beinahe flehentlich, Nikolaj, der offenbar ein geschätzter Gesprächspartner ist, wendet sich mit einer halben Drehung zu mir zurück, if there is ever a problem call me, er macht eine vage Handbewegung, dann ist er verschwunden, was für ein seltsamer Mann.
Stimmen und Musik scheinen immer lauter zu werden, es pocht in meinen Schläfen, ich wünschte mir, daß Simon in diesem Raum wäre, er bräuchte gar nicht neben mir zu sitzen, nur seine bernsteinfarbenen Au-

gen sollten kurz aufblitzen zwischen den Gesichtern oder sein breiter Rücken an einen Türrahmen gelehnt stehen, ein Blick darauf würde mir schon genügen.
Aber Simon ist in Berlin, was er wohl gerade treibt, ich würde mich am liebsten auf dem Sofa zusammenrollen und ein Nickerchen machen, aber rund um mich herrscht plötzlich Aufbruchsstimmung, wir gehen alle runter zur Newa, klärt Mascha mich auf, in so einer Nacht muß man einfach den Schiffen nachsehen, sie zieht mich hoch und massiert energisch meinen Rücken zwischen den Schulterblättern, auch Irina und Iwan sind wieder aufgetaucht, Irina legt mir einen Schal um und dann geht es los, ich habe jegliches Zeitgefühl verloren.
Ich denke mir, daß wir aussehen müssen wie auf den dramatischen Ölgemälden, die von der Revolution erzählen, eine lachende singende Menge, Fremde haben sich untergehakt, nur die Fahnen fehlen, so ziehen wir runter zum Fluß, durch das blasse Niemandsland zwischen Mitternacht und Morgendämmerung.
Die Böschung zur Newa ist mit Menschengruppen gesprenkelt, die auf Decken und Jacken lagern, Wodkaflaschen kreisen, Transistorradios beschallen die Silhouette der Peter-und-Paul-Festung. Auch unsere Abordnung vom Taurischen Palast löst sich langsam auf, Mascha und ich trödeln den Fluß entlang, Irina und ihr Geliebter in unserem Rücken.
So lange bin ich schon in St. Petersburg, aber nun sehe ich sie zum erstenmal, die offenen Brücken über die Newa, wie riesige Scheren ragen sie zum Himmel, Lastenkähne ziehen aufs Meer hinaus. Irgendwo am Newski muß wohl gerade ein Feuerwerk stattfinden, funkensprühende Girlanden explodieren über dem Winterpalast, tauchen seine Giebel in blutrotes Licht. Einen Herzschlag lang steht die ganze Stadt in Flammen.

Wie findest du Kolja, fragt Irina, die plötzlich neben mir geht.
Keine Ahnung, ich habe ihn leider nicht kennengelernt, antworte ich.
Irina sieht mich ungläubig an, aber du hast doch mit ihm gesprochen, ich habe euch beobachtet, am Buffet.
Das war ein gewisser Nikolaj, sage ich, ich fühle mich ein wenig verunsichert, er leidet an Asthma, scheint recht nett zu sein.
Irina hält einen Moment inne im Gehen, dann krümmt sie sich wie in einem lautlosen Lachkrampf und ruft Iwan und Mascha, die hinter uns sind, auf Russisch etwas zu, jetzt lachen alle, halten sich das Zwerchfell, Irina muß sich auf mich stützen, damit sie nicht umfällt vor lauter Prusten. Aber Agnes, Nikolaj ist doch Kolja, das ist einfach die, wie sagt ihr nur dazu, das ist die Koseform, so wie man zu Alexander auch Sascha sagt.
Da habe ich also wieder etwas dazugelernt.

*

Juri sitzt mir gegenüber, die Arme hat er auf dem türkisen Kunststofftisch aufgestützt, und beißt in einen Hamburger, einen richtigen, mit getoastetem Sesambrötchen und Salatblatt, Hackfleischlaibchen und Schmelzkäsescheiblette, Ketchup und Mayonnaise, die ihm übers Kinn tropft. Zwischen uns stehen zwei große Pappbecher mit Cola und Strohhalm, die von Juri nicht aus den Augen gelassen werden.
Ich beiße ebenfalls in meinen Hamburger, erstens habe ich Hunger, und zweitens enthebt mich dieser Vorgang vom Druck des Sprechenmüssens, der allerdings nur auf mir lastet, das Kind wirkt durchaus zufrieden, in diesem Lokal findet man sich mit Gestikulieren bestens zurecht, einmal auf den Spezialburger gedeutet und

schon kommt er über eine glänzende Blechschiene geschlittert, einmal auf den Riesenbecher Cola gedeutet, der über der Theke prangt, und schon sprudelt braune Flüssigkeit aus einem Hahn, ein Mann mit einem Papierschiffchen auf dem Kopf stellt alles auf ein Tablett, die Frau aus der Yanovka-Kapelle bezahlt, Juri trägt das Tablett voller Köstlichkeiten zum Tisch in der Ecke.

Unser Ausflug war nicht geplant, er hat sich einfach ergeben, an diesem Nachmittag waren wir plötzlich allein im Halbdunkel der Kapelle, der Junge hat in seiner Bank in den Fetzen eines Comic-Heftes geblättert, ich habe ein mattes Blau auf einen Faltenwurf getupft, irgendwie hat sich Normalität in unser Zusammensein eingeschlichen, als ob wir uns in einem Wohnzimmer befinden würden, die Mutter an der Staffelei, das Kind auf seinem Sofa hingefläzt, an einem Nachmittag im August.

Dann habe ich meinen Mantel ausgezogen und zusammengerollt, auf eine Fensterbank neben die Mäntel von Irina, Valentin und Ljuba gelegt. Meine Haare gekämmt, mir in einem Taschenspiegel die Lippen nachgezogen, Juri hat mich dabei beobachtet, mit baumelnden Beinen. Dann bin ich zu ihm hingegangen und habe sein Haar gekämmt, er hat es sich gefallenlassen, ein wenig verlegen, mit gesenktem Kopf, sein Haar ist von einem matten Aschblond, das glanzlos ist vom seltenen Waschen, über dem rechten Ohr hat er einen kleinen Wirbel, dort stehen die Haare widerborstig vom Kopf ab. Er trägt eine Hose, die ihm über den Knöcheln zu kurz ist, in den Turnschuhen trägt er keine Socken, dafür einen Pullover mit verwaschenen orangen Streifen über dem T-Shirt, Juri wirkt immer ein wenig verfroren, als ob er schon eine Kälte erlebt hätte, die auch im August nicht aus seiner Erinnerung schwindet.

Wir gehen nebeneinander zur Kapelle hinaus, ich

ziehe die schwere Türe hinter uns zu, Irina will noch kommen und absperren, dann stehen wir im Licht des späten Nachmittags, Lastkähne tuckern durch das Wasser der Newa, Möwen kreischen über unseren Köpfen. Ich setze mich zögernd in Bewegung, das Kind folgt mir ebenso zögerlich, so wagen wir unsere ersten gemeinsamen Schritte, die Wellen am Ufer plätschern besänftigend. Plötzlich bleibt Juri abrupt stehen, ich drehe mich erschrocken nach ihm um, aber er hat nur einen Kieselstein im Schuh, ich warte, bis er mit schmutzigen Fingern wieder einen Knoten in das einstmals weiße Schuhband geknüpft hat, dann gehen wir weiter, einmal zum Finnischen Meerbusen und zurück, denke ich mir, nur nicht stehenbleiben, es muß doch irgendwo ein gemeinsames Ziel für uns beide geben.
Als wir uns der Korovsky-Brücke nähern, werden Juris Schritte unmerklich langsamer, ich widerstehe der Versuchung, seine Hand zu ergreifen, statt dessen lächle ich ihm zu und massiere meinen Magen, Hunger, so möchte ich ihm gerne klarmachen, ich schneide eine aufmunternde Grimasse und deute über die Brücke, dort drüben liegt ein St. Petersburg, das dieses Kind höchstwahrscheinlich noch nie betreten hat, dort drüben glitzern die Boulevards und Geschäfte und Restaurants.
Dann sind wir auf der Brücke, Menschen drängeln an uns vorbei, ein wolfsgrauer Hund kommt uns entgegen, Juri drückt sich einen Moment lang an mich und dann sind wir über die Brücke, sind am anderen Ufer angekommen und beide noch am Leben.
Dann schlendern wir durch den Sommergarten, eine gepflegte Frau mit einem Kind an der Seite, das ziemlich verwahrlost wirkt, aber in dieser Stadt im Umbruch fällt solches nicht weiter auf, niemand starrt uns an, kein Polizist will unsere Ausweise sehen, langsam

beginnt sich der Krampf in meinen Nackenmuskeln zu lösen. Einmal deutet Juri in eine Baumkrone und sagt etwas zu mir, ich folge seinem Blick und sehe einen Vogel, der gerade zu seinem Nest zurückkehrt, ein Wurm krümmt sich in seinem Schnabel.
Kurz vor dem Newski-Prospekt entdecken wir dann das Lokal, oder besser Juri entdeckt es, die blankgeputzten Auslagenscheiben, das Neonlicht, die Menschentrauben, ich sehe ihn fragend an, und das Kind nickt und lächelt zum erstenmal, ich denke mir, daß ich Burgers und McNuggets essen werde, solange ich kann und wo immer ich sein mag, voller Dankbarkeit, nie wieder werde ich lästern, dann betreten wir das Lokal.
Der zweite Hamburger ist aufgegessen, das Cola ist ausgetrunken, Juri sitzt mir gegenüber und schaut und staunt, ich habe ihm mit einer Papierserviette Mayonnaise und Ketchup aus den Mundwinkeln gewischt.
Acht Jahre, schätze ich.
Zehn Jahre, sagt Irina, diese Kinder sind kleingewachsen und wirken viel jünger.
Juri sagt nichts, weder über sein Alter noch über seine Familie, sosehr Irina auch auf ihn einflüstert, mittags vor unserer Kapelle, wenn wir auf den Stufen sitzen und Brote essen, ihn behutsam auszuhorchen versuchen. Juri senkt dann seine Augendeckel und scharrt mit den Füßen, er ist wohl aus Petersburg oder der Umgebung, meint Irina, die ihm zugehört hat, wenn er Grischa oder den Zwillingen etwas zuruft.
Vor den Fensterscheiben geht der Tag in den Abend über, die Straßenlichter flammen auf, das Kind mir gegenüber wird unruhig, sitzt nur mehr auf der Sesselkante. Ich staple unsere Pappbecher ineinander, Juri hat bereits die Strohhalme unter seinem Pullover verstaut, dann verlassen wir das Lokal und schlagen wieder die Richtung zum Fluß ein, diesmal bestimmt das Kind das Tempo.

Dann sind wir wieder an der Brücke, bis morgen, sage ich zu dem Kind, das mich nicht verstehen kann und reiche ihm die Pappbecher, das Kind zögert ganz kurz und dreht sich dann um und läuft über die Brücke, wo wird es wohl die Nacht verbringen, dann drehe auch ich mich um und gehe zum Hotel zurück, durch den Sommergarten, am Marsfeld vorbei, im Foyer funkeln die Kristalleuchter, in meinem Zimmer duftet es dezent nach Hyazinthen und Rosen.

*

Das Telephon läutet.
Ich liege auf dem Bett und blättere in der Herald Tribune, eigentlich möchte ich lieber nicht abheben, manchesmal gehört Sprechen zu den allerschwierigsten Aufgaben, aber dann greife ich ja doch zum Hörer, nicht aus Neugier sondern aus Selbstdisziplin. Hallo?
Hallo, sagt Elvira Mertens, ja wie klingen wir denn, ein wenig depressiv würde ich mal meinen, kein Wunder, nach drei Monaten in dieser Stadt, diese Nordländer sind ja nicht umsonst so schwere Trinker, aber bevor Sie mir noch zur Wodkaflasche greifen, habe ich eine Neuigkeit für Sie, nein, eigentlich eine Frage, nun ja, sagen wir mal eine Bitte, sind Sie noch dran Agnes, die Verbindung ist ja gotterbärmlich, also Freunde von mir haben ein Sommerhaus in Umbrien gekauft, nichts Besonderes, eher so ein Gemäuer, schon ziemlich verfallen, aber in der Eingangshalle schimmert eine Art Fresko unter dem Verputz durch, meine Freunde, wirklich sehr angenehme Leutchen, Ärzte alle beide, keine Kinder, also die würden einfach gerne mal einen Experten oder eine Expertin zu Rate ziehen, vielleicht im Herbst, was meinen Sie, das würde Sie doch sicherlich interessieren und guttun würde es Ihnen

auch, nach all dieser Schwermut da oben, rund um Perugia kann man übrigens phantastisch essen, ich kenne da ein paar kleine Trattorias, also Ihr Mann hätte sicherlich nichts dagegen, abgemacht?
Das kommt ein wenig überraschend, sage ich, die Stimme von Elvira Mertens tut mir wirklich gut, sie klingt so tough und proper, keine, die an Brücken steht und den Kähnen nachblickt, aber ich werde es mir überlegen, Sie kriegen Bescheid von mir, ich komme ja bald zurück, da können wir alles besprechen.
Gut, sagt Elvira Mertens, das wollte ich nur hören, also dann, Kopf hoch, Sie haben es bald hinter sich, noch bevor dieser gräßliche Winter kommt, man fragt sich, wie die Menschen das bloß aushalten, diese Dunkelheit und Kälte, nun ja, man gewöhnt sich wahrscheinlich an vieles, ach ja, übrigens, Ihr Mann ist hier in aller Munde, diese Berliner Dependance soll ja vom Feinsten werden, »cuisine« hat ihn angeblich auf dem nächsten Titelblatt, also, kommen Sie zurück, und wärmen Sie sich in seinem Glanz, bis dann, liebe Agnes, bis dann, und Elvira Mertens legt auf, ich murmle noch rasch ein paar Abschiedsworte in die tote Leitung.
Die Zeitung ist auf den Boden gerutscht, die Seiten sind ein heilloses Durcheinander, ich rolle mich auf dem Bett zusammen, wo genau liegt eigentlich Umbrien, nördlich oder südlich von Rom, ich schließe die Augen und stelle mir Simon in einer kühlen Trattoria vor, draußen gleißt das Licht, aber drinnen ist es dämmrig und riecht nach Wein und Käse und Basilikum, ein Kind kommt an den Tisch und reicht uns eine handgeschriebene Speisenkarte, es hat schwarze Augen wie Tollkirschen unter Augenbrauen, die an der Nasenwurzel zusammengewachsen sind, da läutet das Telephon, irgendwo leise im Hintergrund, dann immer lauter und schriller, endlich fahre ich in die Höhe und

bin wieder in St. Petersburg, ich ziehe die Decke über mich und greife nach dem Hörer.
Ja endlich, sagt eine Stimme, sie klingt vertraut und ist dennoch fast ein Schock für mich, Herr Melchior, sage ich, das ist ja einfach unglaublich, Sie rufen mich hier in Petersburg an, wie haben Sie denn das fertiggebracht, ist etwas passiert?
So beruhigen Sie sich doch Agnes, sagt Herr Melchior und klingt ziemlich vergnügt, also einfach war es nicht, das kann ich Ihnen sagen, ich habe Ihren Mann getroffen, er hat sich gerade ein paar Artischocken bei unserer Gemüsehändlerin ausgesucht, ich esse dieses fasrige Zeug ja nicht, ich wollte nur ein paar Äpfel kaufen und Bananen, für einen Obstsalat, also da habe ich einfach Ihren Mann nach der Nummer gefragt. Er ist wirklich sehr nett, bringen Sie ihn doch einfach mal mit, er hat mir die Nummer aufgeschrieben und mir auch gleich erklärt, wie ich Sie am besten an der Rezeption verlange, room number twohundredone, das ist jetzt mein dritter Versuch, ich war am Anfang ein bißchen verwirrt, weil ich dieses sehr nette Fräulein nicht verstanden habe, aber jetzt hat es ja geklappt, zum Glück, aber ich rede und rede, wie geht es Ihnen Agnes, haben Sie schon ein bißchen Heimweh?
Und ob, sage ich und muß ein paarmal schlucken, es ist wunderschön, aber auch alles ein wenig kompliziert, und dann dieses Licht, ich gehe sehr viel spazieren, gerade war ich einen Hamburger essen, haben Sie meine Briefe bekommen, wenn Sie nur wüßten.
Das klingt ja richtig abenteuerlich, sagt Herr Melchior und klingt nicht im geringsten irritiert durch mein Gestammel, Sie müssen mir dann alles in Ruhe und ausführlich erzählen, wir freuen uns ja schon sehr, Anka und ich, sie läßt Sie übrigens herzlich grüßen, ich koche uns dann auch was Leckeres, was halten Sie von einem Zürcher Geschnetzelten?

Furchtbar viel, sage ich und denke mir, daß ich gleich in Tränen ausbreche, das würde Herrn Melchior wohl doch verstören, jetzt müssen wir aber Schluß machen, so ein Gespräch kostet ja ein kleines Vermögen, Sie glauben gar nicht, was Sie mir für eine Freude gemacht haben, bis bald, Herr Melchior, und vielen Dank.
Bis bald liebe Agnes, sagt Herr Melchior, auf ein baldiges Wiedersehen, dann legen wir beide auf, ich weine ein wenig und weiß nicht warum.
Zum Glück sind meine Tränen getrocknet, als das Telephon zum drittenmal läutet, gewissenhaft hebe ich ab, es könnte ja auch Irina sein. Aber es ist Simon, mein Mann in aller Munde, der in der Leitung seufzt, es wächst mir langsam über den Kopf, worauf habe ich mich da bloß eingelassen, wenn du nur da wärst, Agnes.
Ich komme ja bald, sage ich, schon übernächste Woche, halte aus, dann bin ich an deiner Seite, im Liegen und im Stehen, mein Mann lacht, sein Glucksen kitzelt in meiner Ohrmuschel und ruft angenehmste Erinnerungen wach, dafür bist du in meiner Abwesenheit ja richtig prominent geworden, schmeichle ich ihm, man hört so allerhand, Simon brummelt ein wenig verlegen, alles halb so wild, obwohl du glaubst gar nicht, was für Chancen ich bei den Frauen habe, du würdest dich wundern.
So plänkeln wir noch für ein paar Minuten, vieles bleibt unausgesprochen, vielleicht würden uns ja ein paar Tage in Umbrien wirklich guttun, ob Elvira Mertens wohl so ihre Hintergedanken hatte, ich halte den kühlen Kunststoff des Hörers an meine Wange gepreßt, angeblich kann man ja Schwingungen versenden, ich schicke meinem fernen Mann viele zärtliche Gedanken, plötzlich bin ich voll schlechten Gewissens, dabei ist mir kein Vergehen bewußt.
Jetzt mache ich aber Schluß, sagt mein Mann, der Tag

war lang, und morgen früh muß ich schon um sieben auf der Baustelle sein, in drei Wochen wollen wir eröffnen, und es sieht noch immer aus wie eine Kraterlandschaft, bis dann, Sterntalermädchen, wir schicken uns Küsse wie zwei Backfische, dann legen wir auf, das Telephon bleibt stumm für den Rest der Nacht, ich liege dennoch wach und wehre mich gegen das Einschlafen, Träumen erscheint mir zu riskant.

*

Über dem Bootssteg tanzen die Mückenschwärme wie feingewebte schwarze Schleier, die von einer unsichtbaren Hand geschwungen werden. Eine blaßgelbe Sonne versengt unsere Scheitel, die Luft zittert vor Staub und Hitze. Ich sitze auf einem gefällten Baumstamm und grabe meine nackten Zehen noch ein wenig tiefer in die trockene Erde, so bin ich schon als Kind gerne gesessen, am Ufer der Donau, und habe mich mit den Nixen unterhalten.
Drunten am Ufer stehen Juri und die Zwillinge und werfen Steine ins Meerwasser, bereits seit Stunden, so scheint mir, ich lausche ihrem Lachen und Rufen, dem Zirpen der Grillen, Spätsommer in St. Petersburg, ein Nachmittag am Finnischen Meerbusen draußen vor den Toren der Stadt, das Meer schaukelt sacht und blauschattiert, Boote ziehen vorbei, ab und an hört man für einen kurzen Moment das Knattern ihrer Segel im Wind. Juri dreht sich in meine Richtung und ruft mir etwas zu, er lacht übers ganze Gesicht, seine Wangen und Schultern glühen, seine dünnen Beine ragen aus Shorts, deren Taschen prallgestopft sind mit Zweigen, Kieselsteinen und Schätzen aller Art.
Irina liegt nur wenige Meter von mir entfernt auf einer Decke im Gras, sie hat einen Arm über Iwan gelegt, der bäuchlings ein Schläfchen macht, Irinas Au-

gen sind geschlossen, aber ich bin mir sicher, daß sie wach ist. Irgendwo in meinem Rücken schnaubt ein Pferd, dann ist Maschas Stimme zu hören, sie lacht und tätschelt offenbar gerade einen breiten Rücken, es riecht nach Strohballen und Roßäpfeln. Über meine nackten Zehen läuft ein Käfer, ich denke mir, daß wir allesamt gut in eines dieser melancholischen russischen Bühnenstücke passen würden, eine Handvoll Menschen, vom Zufall zusammengewürfelt, einen Tag lang satt vor Glück, wenn es stimmt, daß im Augenblick des Todes das Leben wie ein Film abläuft, dann wird diese Stunde eine Sequenz davon in meinem sein, dessen bin ich mir gewiß.

Juri kommt angelaufen, er schleppt eine Plastiktüte, die mit brackigem Wasser gefüllt ist, in dem Wasser schwimmen spinnenähnliche Tiere, ich muß sie ausführlich bewundern, dann läuft das Kind zum Ufer zurück, aus einem Loch in der Tüte rinnt Wasser über die dünnen Beine, seine Sandalen schmatzen bei jedem Schritt.

Mascha hat sich neben mich auf den Baumstamm gesetzt, sie hält mir ein zerknautschtes Päckchen unter die Nase, ich schüttle dankend den Kopf, Mascha entzündet eine Zigarette, inhaliert einen tiefen Zug und tritt das Streichholz aus, dann sehen wir aufs Meer hinaus, zwischen Wasser und Himmel bildet sich allmählich eine goldene Kante.

Gestern früh sind wir losgefahren, es war Maschas Idee, laßt uns doch das Wochenende auf der Datscha meiner Familie verbringen, die liegt ganz phantastisch am Meer, wir könnten angeln und am Abend ein Lagerfeuer machen, es gibt Betten und Matratzen genug für alle, na los doch, seid nicht so langweilig.

Irina und ich haben nur kurz überlegt, dann haben wir uns verschwörerisch zugenickt und mit den Vorbereitungen begonnen, meine Golden Card hat dabei eine

nicht unwichtige Rolle gespielt, schon nach einer halben Stunde im spiegelnden Büro der Autovermietung am Newski waren wir stolze Besitzer eines Kleinbusses, wenn auch nur für ein Wochenende. Irina hat schon nach wenigen Straßen das sperrige Gefährt manövriert, als ob sie nie etwas anderes getan hätte, ich habe mich erleichtert auf dem Beifahrersitz zurückgelehnt, Auto fahren ist mir ein Greuel, das Lenkrad überlasse ich nur allzu gerne.
Dann sind wir zu dem großen Supermarkt an der Straße nach Tallin gefahren, wo es einfach alles gibt, Grillwürstchen mit Käse und Speck umwickelt, Limonade in Zweiliterflaschen, Kekse und saure Drops in der Familienpackung, Waschlappen und kleine Zahnbürsten und Papiertaschentücher, Heftpflaster und bunte Kerzen, die angeblich die Mücken vertreiben. Irina und ich haben alles in Kartons im Wagen verpackt, dann sind wir zum Fontanka-Kanal gefahren, Irina hat eindringlich auf ihre Mutter eingeredet, aber die hat nur abwehrend die Hände gehoben, Mama möchte lieber zu Hause bleiben, hat Irina unnötigerweise übersetzt, die Hitze macht ihr zu sehr zu schaffen.
Dann sind wir zu meinem Hotel gefahren, Irina hat lässig zwischen dunkelblauen und silbergrauen Limousinen eingeparkt, auf meinem Zimmer habe ich vergeblich versucht Simon zu erreichen, schließlich habe ich auf unseren gemeinsamen Anrufbeantworter gesprochen, mein Liebster, ich fahre für ein Wochenende aufs Land, am Montag, spätestens am Dienstag bin ich wieder zurück, ich denke an dich, bis dann, ein Küßchen noch, Irina hat sich währenddessen diskret im Badezimmer umgesehen und Kleckse von Nachtcreme auf ihrer makellosen Haut verteilt.
Dann hat auch sie telephoniert, knapp und sachlich zunächst, dann ist offenbar Iwan an den Hörer ge-

kommen, Irinas Stimme ist zu einem zärtlichen eindringlichen Flüstern verschwommen, schließlich hat sie aufgelegt, ihr Gesicht war ganz blaß vor Enttäuschung, Iwan wird nicht mitkommen, er kann sich natürlich nicht so schnell freimachen, es war ja auch nur so eine Idee von mir.

Dann sind wir über die Korowski-Brücke zur Kapelle gefahren, die Kinder haben draußen in der Sonne Steine nach einer Blechdose geworfen. Irina ist zu ihnen gegangen und hat auf sie eingeredet, ich habe derweil unsere Vorratskartons im Wageninneren übereinandergetürmt, um Platz zu schaffen, plötzlich sind die Zwillinge neben mir gestanden und haben ungläubig über meine Schulter gespäht, ein Ausflug aufs Land, einfach so, und was ist der Preis? Das Mißtrauen hat sich in ihren kleinen Gesichtern breitgemacht.

Dann ist alles sehr schnell gegangen, Irina ist dazugekommen mit Juri an der Hand, sie hat ihn ohne viel Federlesens auf einen der Rücksitze verfrachtet, die Zwillinge sind rasch nachgeklettert, dieses Abenteuer wollten sie sich nun doch nicht entgehen lassen, Irina und ich sind vorne eingestiegen und losgebraust, über den Kirow-Prospekt Richtung Norden, wo Mascha in einer chaotischen Kommunalka mit ständig wechselnden Mitbewohnern logiert, vor den Fenstern fließt die Kleine Newka, dahinter liegen die Kirow-Inseln mit ihren Parks und alten Villen, den Lindenalleen, unter denen dereinst der Adel lustwandelte.

Mascha ist schon vor dem Haustor gestanden und hat gelacht und gewunken, sie hat einen Rucksack über die Schulter getragen, hinter ihrem Rücken hat sich offenkundig ein Mann verborgen, dann hat er es nicht mehr ausgehalten und ist hervorgesprungen, Iwan, hat Irina gerufen und ist fast in Tränen ausgebrochen, der schmächtige Iwan hat seine Liebste durch die Luft ge-

schwenkt, die Kinder haben sich die Nasen platt gestaunt.
Dann hat ein großes Drängeln und Schubsen begonnen, aber endlich waren alle und alles verstaut und Irina konnte starten, Iwan neben sich mit Juri auf dem Schoß, dahinter Mascha und Agnes und die Zwillinge, die sich seit neuestem durch verschiedenfarbige Basketballmützen unterscheiden lassen.
So sind wir losgefahren, in einem blitzblauen Bus, Irina hat kurz und vergnügt die Hupe getestet, über Brücken und Boulevards zur Stadt hinaus, irgendwann hat der Asphalt Risse bekommen, und statt Mauern sind Hecken entlang der Straße gewachsen, vorbei an buntgestrichenen Holzhäusern hinter buntgesprenkelten Vorgärten, die Frauen haben Kopftücher und Schürzen getragen, die Kirchen Zwiebeltürme, an den Straßenkreuzungen haben dösende Hunde in der Sonne Wache gehalten.
Irgendwann ist der Asphalt in Schotter übergegangen, die Luft hat salzige Spuren auf den Lippen hinterlassen, da vorne liegt Peterhof hat Mascha gedeutet, die Sommerresidenz von Peter dem Großen, noch prächtiger als Versailles sollte sie werden, jedenfalls sind mehr Leibeigene beim Bau gestorben als in Frankreich, das Klima hier ist mörderisch, eine Sumpflandschaft, die vom Herbst bis zum Frühsommer zufriert, aber wir biegen ja schon vorher ab, gleich sind wir da, Irina ist ohne Vorwarnung scharf nach links gekurvt, in einen Seitenweg hinein, der eigentlich nur eine Reifenspur im Lehm war, die Kinder haben gequietscht und gejubelt, und dann waren wir da, vor einer Datscha wie aus dem Märchen, einem ochsenblutrot gestrichenen Spukschloß mit einer knarzenden Veranda, einem eisernen Ofen in der Küche und einer Hühnertreppe unter den Dachboden, Zimmerchen und Nischen und Erkern und Flickenteppichen auf dem Dielenfußboden. Der tüch-

tige Iwan hat eine Flasche Wodka geöffnet, die Kinder haben Orangenlimonade getrunken, mit drei Strohhalmen aus einer Flasche.
Und die Wonne hat angehalten, auch als keine fette Beute sich an den selbstgebastelten Angelschnüren festbeißen wollte und statt dessen Würstchen auf dem Grill zischten, auch als keine Elche weit und breit zu sehen waren, dafür aber ein vorwitziger Igel, dem die Kinder Milch vor das Schnäuzchen gossen.
Spätabends ist unser Lagerfeuer drunten am Ufer in ein sanftes Glosen übergegangen, die Zwillinge haben sich auf einer Decke zu einem warmen Nest zusammengerollt, Irina und Iwan sind diskret verschwunden, Juri ist zwischen Mascha und mir eingeschlafen, sein Kopf an ihrer Schulter, seine Füße in meinem Schoß.
Das war gestern, heute sitzen Mascha und ich auf einem Baumstamm vor einer verkohlten Feuerstelle, Käfer laufen kreuz und quer, Mascha hat ihre Zigarette zu Ende geraucht, die goldene Kante am Horizont zerfließt wie Dotter, in das man beim Frühstücken mit der Gabel sticht.
Ich habe mit Nikolaj gesprochen, sagt Mascha neben mir, er hat Beziehungen, er könnte den Kindern Plätze in einem staatlichen Heim verschaffen.
Dann ist es wieder still zwischen uns, wir schauen Juri und den Zwillingen zu, die aus Ästen eine Staumauer am Ufer bauen, noch ist das Wasser so angenehm warm um die Knöchel, aber schon in wenigen Wochen wird der nordische Winter hereinbrechen, wird das Meer und die Newa mit Eis überkrusten, wird St. Petersburg zu einem gleißenden Juwel erstarren lassen, selbst der Schmutz in den Straßen funkelt dann wie Diamantenstaub, bei minus dreißig Grad, wer keinen Ofen besitzt, der tut dann alles für einen Hauch von Wärme.

Irina ist in unserem Rücken aufgetaucht, Zeit zusammenzupacken, Iwan muß in die Stadt zurück, morgen ist ein ganz normaler Arbeitstag, die Kinder protestieren kaum, wir verstauen Decken und Kannen und leere Dosen wieder im Wagen, Juri stopft sich noch rasch ein paar Kieselsteine in die Hosentaschen, ich bücke mich ebenfalls, Mascha schließt die Haustüre ab und rüttelt an den Fensterläden, dann fahren wir den Weg zurück, biegen auf die Straße ein und fahren nach Hause, wo immer zu Hause sein mag, in einem Hotelzimmer, in einer Kommunalka, in einem Kellerloch.

*

Wir sitzen an dem Tisch neben der Anrichte, Irina und ich, der grüne Vorhang ist geschlossen, Irinas Mutter hält ein Nachmittagsschläfchen. Alles ist gesagt und besprochen, ich schaue zum Fenster hinaus, auf dem Fontanka-Kanal tanzen scharfzackige graue Wellen, Wolkenfetzen treiben über die Dächer der Herrschaftshäuser auf der gegenüberliegenden Seite.
Zwischen uns stehen zwei Kaffeetassen, eine Zuckerdose und ein Aschenbecher, außerdem liegt ein braunes Kuvert auf dem Tisch, prallgefüllt mit Dollarscheinen. Ich denke mir, wie leicht ich doch davonkomme, auf mich warten ein sonniger Herbst und vielleicht ein Auftrag in Umbrien, während Irina zurückbleibt, mit Dollarscheinen beladen und der Sorge um die Kinder, ich werde mich um alles kümmern, hat sie mir versichert, wir finden eine Lösung.
Wann genau geht dein Flugzeug, fragt Irina, wir erörtern diese Frage nun schon seit Tagen, Dienstag früh um halb neun, antworte ich dann jedesmal gewissenhaft, Irina schaut ebenfalls zum Fenster hinaus, ich hole dich im Hotel ab und begleite dich zum Flughafen, wir lächeln uns an, Abschiede fallen entschieden

leichter, wenn man sich am Riemen reißen muß, rundum hasten Menschen, tönen Stimmen aus Lautsprechern, wer weint da schon, nur Kinder und törichte Frauen.

*

Dann ist es Dienstag mittag, wir sind mit der üblichen Verspätung gestartet, unsere Maschine zieht eine Schleife übers offene Meer hinaus, kehrt in einer gewagten Neigung zum Festland zurück und beginnt den langen Heimflug, hinter einem Vorhang klimpern schon die Stewardessen mit den Gläsern und dem Besteck, ich verrenke mir fast den Hals an dem kleinen Fenster, aber St. Petersburg ist nur mehr ein diffuser Klecks am Horizont, man reicht mir ein Glas Tomatensaft und Nüßchen, als ich wieder hinausblicke ist auch der Klecks verschwunden, wir fliegen über braune Erde und grüne Wälder, ab und an ein Dach, eine Straße, man reicht mir Zeitschriften und ein Erfrischungstuch, ich bedanke mich lächelnd, dann fliegen wir nur mehr über Wolken, die Welt rundum ist blendendweiß und himmelblau und sonnengolden – und schwer zu ertragen.

5

Diskret versuche ich Abstand zu halten, aber es nützt nichts, Clemens Eckbrecht ist in voller Fahrt, bei jedem zweiten Wort ergießt sich ein feiner Spuckesprühregen über mich und mein Champagnerglas.
Wirklich bemerkenswert, wiederholt mein Gesprächspartner gerade, was Ihr lieber Gatte hier in solch einem kurzen Zeitraum bewerkstelligt hat, unsere Hochachtung ist ihm gewiß, aber das brauche ich Ihnen ja nicht extra zu versichern, meine Verehrteste, wir haben uns ja nicht gescheut, diese Meinung öffentlich kundzutun, sozusagen, Clemens Eckbrecht beugt sich vertraulich näher zu mir, resigniert blicke ich auf mein appetitliches Baguettescheibchen mit Lachstartar.
Allerdings, mein Mann scheint sich zu einer Person des öffentlichen Interesses zu mausern, die Eröffnung einer schlichten Weinhandlung am Brentano-Platz zu Berlin gilt eindeutig als gesellschaftliches Ereignis, das Gedränge ist beängstigend, Blitzlichter blenden über unseren Köpfen, die Scheinwerfer eines lokalen Fernsehsenders verbreiten Gluthitze, Simon gibt Interviews, schüttelt Hände, verteilt Wangenküsse, nimmt Glückwünsche und Komplimente entgegen, aus sicherer Entfernung beobachte ich das Tun meines Mannes, voller Bewunderung für sein souveränes Auftreten.
Genauso präsentiert er sich auch auf dem neuesten Titelbild von »cuisine«, ein Mann in den allerbesten Jahren, siegesgewiß, mit einem Hauch von Schalk in den

Augen, vor einer Wand aus dunkelbraunen Holzpaneelen, man ahnt den Weinkeller, Simon hält ein Glas mit roter Flüssigkeit in der Hand, Deutschlands erste Adresse für edle Weine, informiert die Zeile unter seinem Namen, wenn wir uns nicht schon vor Jahren begegnet wären, dann hätte ich mich in dieses Foto verliebt, wie eine schwärmerische Dreizehnjährige.
Jetzt winkt er gerade zu uns herüber, strahlend, mit einem resignierten kleinen Achselzucken, nichts zu machen, die lassen mich einfach nicht in Ruhe, dann verstellt mir ein nackter Frauenrücken mit schwarzen Spaghettiträgern die Sicht auf meinen Mann.
Clemens Eckbrecht, der noch immer die undankbare Aufgabe hat, sich mit der spröden Gattin des Gastgebers unterhalten zu müssen, kramt nach Themen. Waren Sie nicht erst kürzlich in Moskau?
Nein, sage ich höflich, ich war in St. Petersburg, dann starre ich auf das welkende Dillsträußchen auf meinem Lachstartar.
Ach ja, ach ja, entsinne mich, mein Gegenüber sprüht vor Erleichterung, Sie sind doch die Kunsthändlerin, nicht wahr, na, war der Trip ein Erfolg, wir waren ja ebenfalls bereits da, eine wahnsinnig interessante Stadt, und, konnten Sie ein paar Ikönchen rausschmuggeln, Clemens Eckbrecht, der in Tübingen dereinst hinter roten Fahnen einhermarschierte, feixt übers ganze Gesicht.
Nein, antworte ich wahrheitsgetreu, ich habe nichts mitgebracht, das fällt mir erst jetzt so richtig auf, ich habe nicht einmal für meinen Mann oder Herrn Melchior eine Kleinigkeit besorgt, mit leeren Händen bin ich aus St. Petersburg zurückgekehrt, ein Kieselstein vom Finnischen Meerbusen in der Tasche gilt ja wohl nicht.
Clemens Eckbrecht blickt mich jetzt beinahe schon interessiert an, was hat sich denn der arme Simon da an-

gelacht, offenbar eine völlige Niete die Frau, im Smalltalk und überhaupt. Ein Kamerateam zwängt sich ohne Rücksicht zwischen uns hindurch, erleichtert lassen wir es geschehen, als der Pulk mitsamt seinen Geräten vorüber ist, hat Clemens Eckbrecht das Weite gesucht.

Ich entsorge mein Lachstartar und das Champagnerglas, dann lasse ich mich vom Gedränge dahintreiben, wie ein Halm, der ziellos auf dem Wasser tanzt, einmal lande ich beinahe an Simons Seite, aber dann erfaßt mich wieder eine Woge und ich werde an den Rand der Theke gespült, die sich längs durch den Raum zieht.

Ein bildhübsches junges Mädchen in schwarzem Minirock, ein adrettes weißes Schürzchen umgebunden, offeriert mir lächelnd ein weiteres Glas Champagner, ich greife zu, Clemens Eckbrecht wird für den Rest des Abends wohl Abstand halten. Mit dem Glas in der Hand steige ich zwei steinerne Stufen hoch, die an einer weißgekalkten Mauer enden, offenbar das ironische Zitat einer Treppe in dem Gewölbe, das vom schrillsten Architektenteam der Stadt umgebaut wurde, von meinem Standort aus habe ich einen ausgezeichneten Überblick quer durch den offenen Raum, entlang der Wände lagern tausende Flaschen in eigens entworfenen Stahlrohrregalen, dazwischen sorgen Stehpulte mit Platten aus Holz und Marmor für verkaufsfördernde Gemütlichkeit, Spiegelscherben an der Decke reflektieren das Grün der Flaschen, das Weiß des Marmors, das Silbergrau des Stahlrohres, das Rotbraun der Hölzer. Gar nicht schlecht, sowohl die Planung wie auch die Ausführung müssen ein Vermögen gekostet haben, ich habe gar nicht gewußt, wie reich wir sind, oder präziser gesagt, wie wohlhabend mein Mann, der Weinhändler, eigentlich ist.

Ich proste über die Köpfe hinweg Clemens Eckbrecht

zu, der sich erschrocken abwendet, da wird mein Name gerufen, glockenhell, Agnes, na endlich, Laetitia bahnt sich einen Weg durch die Menge, wir haben schon gedacht, du seist irgendwo in der Tundra verschollen, wie konntest du deinen armen Mann nur so lange alleine lassen, so etwas ist nicht gut für eine Beziehung, weißt du denn das nicht, aber laß dich erst mal ansehen, diese Weißen Nächte sind dir ja offenbar bekommen, na ja, ein wenig blaß vielleicht, und Laetitia unterzieht mich einer eingehenden Musterung, ich stehe wehrlos da auf meinem Treppchen, wie eine ausgegrabene halbzerborstene Statue auf einem Podest.

Laetitia macht ebenfalls die zwei Schritte das Treppchen herauf, eng aneinandergedrückt lehnen wir am weißgekalkten Mauerwerk und beobachten einen Moment lang schweigend das Treiben, mein Mann ist verschwunden, auch Clemens Eckbrecht ist nirgends zu sehen, dafür fühlt sich die Meute der Gäste offenkundig wie zu Hause, eine kreischende Brünette wird gerade auf eines der Stahlrohrregale gehievt, ich habe den Eindruck, daß entschieden weniger Flaschen als zu Beginn an den Wänden lagern, nun ja, ein kleines Souvenir pro Gast wird Simon wohl einkalkuliert haben, die besseren Sachen liegen ganz sicherlich nicht hier in diesen Verkaufsräumen herum, sondern werden in perfekt temperierten Depots aufbewahrt, hinter Schlössern mit Zahlenkombination, ich halte sie gerne in der Hand, Simons kostbare Raritäten in Flaschenform, staubbedeckt, oft mit bis zur Unleserlichkeit verblaßten Etiketten, nur trinken mag ich ihren Inhalt nicht.

Phantastisch, nicht wahr, Laetitia beschreibt mit ihrem Glas einen großzügigen Bogen über das Treiben hinweg, endlich hat dein Simon den entscheidenden Schritt riskiert, mit etwas Aufmunterung wäre das ja schon viel früher möglich gewesen, nun ja, du bist eben auch sehr engagiert, aber das habt ihr beide ja von Anfang an gewußt, nicht wahr, angeblich will er nächstes Jahr den Sprung in die Höhle des Löwen wagen, ich habe da so etwas läuten hören, von einer Dependance an der Seine, dieser Jean-Luc Dubois und Simon sollen ziemlich oft die Köpfe zusammengesteckt haben, du verrätst mich doch nicht, Agnes, nicht wahr, aber man hat so seine Informanten, und Laetita prostet mit ihrem Glas grüßend einem Pärchen an der Theke zu, winkt einem Mann mit kognakfarbenem Samtkäppchen auf dem Kopf und tiefschwarzer Sonnenbrille, Laetitia kennt sie alle, mit ihr als strahlender winkender Küßchen verteilender Gattin an der Seite wäre Simon gewiß schon der Zar des internationalen Weinhandels, wie soll ich da bloß mithalten, Irina und Iwan und Mascha würden gerade mal ein Fläschchen ordern.

Nachdem sie mich so vertraulich in die Zukunftspläne meines Mannes eingeweiht hat, muß Laetitia leider auch schon wieder enteilen, Verpflichtungen, du verstehst, Laetitia tätschelt mich komplizenhaft, aber wir müssen uns unbedingt so bald wie möglich treffen, du mußt mir dann alles erzählen, war es eigentlich aufregend da oben, wir telephonieren oder nein, besser, ich gebe Simon Bescheid, dann taucht Laetitia wieder ins Gewühl, wie in ein warmes Bad, das sie wohlig genießt vom Nacken bis zu den Zehenspitzen, ich denke mir, daß ich mein Eisschollentreppchen heute abend wohl nicht mehr verlassen werde.

Plötzlich steht Simon vor mir, er wirkt erhitzt und erschöpft und glücklich zugleich, außerdem ein klein wenig betrunken, das ist bei ihm ein Ausnahmezustand, der nur alle paar Jahre vorkommt, ich würde ihm gerne durchs Haar strubbeln, aber ich habe das Gefühl, daß viele Augen auf uns gerichtet sind.

Na, können wir mithalten mit deinen Gelagen an der Newa?
Ich gratuliere dir, sage ich zu meinem Mann, damit habe ich nicht gerechnet, ehrlich, daß es so großartig wird, Simon lächelt wie auf dem Titelbild von »cuisine« und schwankt ein wenig, ich fasse besorgt nach seinem Arm, sollten wir nicht besser gehen, aber mein Mann lacht nur dröhnend, Agnes, um Himmels willen, wir können doch jetzt nicht verschwinden, jetzt geht es erst so richtig los, und bitte komm endlich von deinem Podest herunter, alle wollen dich kennenlernen, jetzt hat Simon nach meinem Arm gegriffen, er zerrt mich mit sanfter Gewalt hinter sich her, ich muß Hände schütteln und in fremde Gesichter lächeln, dann sind wir an der Theke angelangt, hier hält offenbar der Mann mit Samtkäppchen und Sonnenbrille Hof, wir werden einander vorgestellt, es ist der Architekt, der einen schlichten Keller am Brentano-Platz zu dieser futuristischen Schenke umgebaut hat, die Bewunderung der Runde scheint grenzenlos.
So stehen wir da und scherzen und lachen, ich zähle unauffällig die Flaschen in den Regalen, dann die Regale, dann die Haare, die meinem Gegenüber aus der Nase wachsen, Simon und der Architekt haben ein vertrauliches Gespräch begonnen, Laetitia schäkert mit einem bekannten Talkmaster, ein völlig Fremder mit säuerlichem Weinatem legt mir seine Pranke um die Schultern, na junge Frau, wie war es bei den Russen?

*

Der Rhein ist ein magischer Fluß, das habe ich schon bei unserem ersten Kennenlernen so empfunden, dabei bin ich voller Vorurteile an sein Ufer getreten, all die Schunkelmelodien und Reime im Ohr, die man über den Wehrlosen verfaßt hat, sie sind schlagartig

verstummt, nur ein Vibrieren war an meinem Trommelfell von den Wassermassen, die Richtung Nordsee fließen, und das Pochen meines Herzschlags.
Ich stehe auf der Terrasse unserer Wohnung und sehe durch das Geäst der Alleebäume am Ufer den Fluß im Mondlicht glänzen, ein Regenguß ist aufs Dach geprasselt und hat mich geweckt, knapp eine Stunde nach Mitternacht, fröstelnd tappe ich wieder ins Schlafzimmer zurück und krieche zu Simon unter die Decke, sein Rücken strahlt Wärme ab wie eine Herdplatte, er murmelt unverständliche Worte im Schlaf und wühlt sich tiefer in die Kissen, ich lasse meine Wimpern an seinem Nacken flattern.
Gestern sind wir aus Berlin nach Hause zurückgekehrt, Simons Koffer und mein Gepäck aus St. Petersburg stehen noch in der Diele herum, halbausgepackt, wir wühlen nach Wäsche und Shampoo und Schuhputzzeug, die Wohnung wirkt ein wenig wie ein Zeltlager, durchaus nicht ungemütlich. Wir haben gleich alle Fenster weit aufgerissen, zum Glück hat der Supermarkt zwei Straßen weiter noch offen gehabt, ich habe Brot und Milch und Obst und Kaffee eingekauft, ein erster Schritt zurück in den Alltag, der einen Sommer lang unterbrochen war, die Erinnerungen an St. Petersburg werden verblassen, Simons Filiale in Berlin wird bleiben, Umbrien im Spätherbst soll betörend schön sein.
Ich schlafe schlecht in dieser Nacht, irgendwann wird auch Simon wach von meinem Hin- und Herwälzen, er nimmt mich in die Arme, so sanft und liebevoll, erst wenn Ihre Beziehung auch im Bett nicht mehr klappt, dann ist sie ernsthaft gefährdet, so kann man es doch in den Illustrierten lesen, beruhigt schlummere ich im Morgengrauen noch einmal ein, Simons Atem an meiner Wange wiegt uns im Takt.

*

Herr Melchior hat einen Gewürztraminer aus Südtirol entkorkt und Salzgebäck in eine Glasschüssel geleert, nun sitzen wir gemütlich auf der kleinen steingefliesten Veranda vor seinem Haus und sehen Anka zu, die am Gartenzaun entlangschnuppert, um die Rosenbüsche macht sie einen respektvollen Bogen, Herrn Melchiors altmodisch duftende Sorten haben spitze Dornen.
Das ist natürlich nur eine Kleinigkeit vorneweg zum Knabbern, sagt Herr Melchior und reicht mir das Salzgebäck, Sie bekommen schon noch etwas Ordentliches, liebe Agnes, ich habe mir eine Überraschung ausgedacht, Sie werden staunen, und Herr Melchior schaut so spitzbübisch drein wie das mit siebzig Jahren nur möglich ist, Anka jagt einem Schmetterling nach.
Ich denke mir, wie froh ich bin, daß sich Herr Melchior so gut erholt hat, in seinem Alter ist das wohl keine Selbstverständlichkeit mehr, aber das Häuschen ist gepflegt und blitzblank wie immer, in der Küche hat er offenbar Vorbereitungen für den heutigen Abend getroffen, Schüsseln stehen bereit, ein Glas mit fertiger Mayonnaise, ein Teller mit gehackten Kräutern, fein säuberlich mit Folie abgedeckt, dazu ein Handmixer und eine Pfeffermühle.
Wir nehmen beide einen Schluck vom Gewürztraminer, Herr Melchior schnalzt genießerisch mit der Zunge, jetzt müssen Sie mir aber endlich von Ihren Erlebnissen erzählen, Agnes, über Ihre Briefe habe ich mich sehr gefreut, diese Pelmeni müssen ja köstlich sein, haben Sie hoffentlich ein Rezept mitgebracht?
Nein, sage ich beschämt, aber ich habe der Mutter meiner Freundin ein paarmal beim Kochen zugesehen, die Küche war sehr klein, wissen Sie, mehrere Familien mußten darin miteinander auskommen, manchmal gab es ein ziemliches Durcheinander.
Herr Melchior sieht so entsetzt drein, daß ich fast la-

chen muß, seine Küche mit Fremden teilen zu müssen, also das ist nun wirklich Barbarei, lieber würde Herr Melchior wohl sein Bett abtreten und seine Badewanne verschenken, diese armen Menschen, Herr Melchior genehmigt sich noch ein Gläschen.
Sonst war es aber unglaublich schön, versuche ich das Bild von St. Petersburg wieder zurechtzurücken, die ganze Stadt wird von Kanälen durchzogen, die Häuser und Dächer spiegeln sich darin, auf dem Newski-Boulevard, das ist die wichtigste Straße der Stadt, geht es zu wie an einer Promenade im Süden, die Menschen flanieren und genießen jeden Sonnenstrahl, an der Newa werden Picknicks abgehalten und Feste gefeiert, in der Nacht gehen die Brücken hoch.
Ich halte inne und sehe plötzlich ein Kind vor mir, das über die Korowski-Brücke läuft, dieses Bild verdränge ich seit Tagen, mit aller Kraft, nun ist es da, es wird lange bleiben, ich muß mich damit arrangieren, so viele Menschen leben mit viel schlimmeren Bildern, Bildern des Entsetzens und des Schreckens, meines erzählt nur von Feigheit und einer verpaßten Chance.
Waren Sie auch in diesem berühmten Museum, fragt Herr Melchior, wie heißt es denn nun bloß, es ist mir nur gerade entfallen, Sie wissen schon …
In der Eremitage, antworte ich, ja sogar mehrmals, die muß man einfach besucht haben, es ist überwältigend, ein Kunterbunt aus den unglaublichsten Schätzen, antike Statuen neben Papyrusrollen, ganze Säle voll mit Michelangelo und Tizian und Raffael und Rembrandt und Renoir und Picasso, in der Chinesischen Sammlung gibt es tausend Jahre alte Seidenstoffe, ich halte inne und muß an die Sonnenstrahlen denken, die mühelos das Glas der Vitrinen durchdringen, westliche Museumsfachleute bekommen in der Eremitage leicht Kopfschmerzen, wehrlos werden die

Kostbarkeiten dem Licht und dem Staub dargeboten, Modergeruch kitzelt die Nasen der Besucher, ab und an schwirrt eine Motte vorbei, unter einem Rubens habe ich gar einmal eine Maus beim Putzen der Schnurrbarthaare gestört.
Da haben Sie ja eine Menge gesehen und erlebt, sagt Herr Melchior bedächtig, er tätschelt Anka, die ihre Schnauze auf seine Knie gelegt hat, von dieser Reise werden Sie mir noch oft erzählen müssen, das kann man gar nicht alles auf einmal fassen, und Herr Melchior steht auf, so, liebe Agnes, Sie bleiben jetzt schön da sitzen und genießen noch ein wenig die Sonne, ich muß mich ums Abendessen kümmern. Und Herr Melchior begibt sich in seine gemütliche kleine Küche, die ihm ganz allein gehört, gleich darauf höre ich Töpfe klappern und Wasser rinnen.
Anka ist ihrem Herrn gefolgt, ich bummle noch ein wenig durch den Garten, gelbe und orangefarbene Astern säumen den kiesbestreuten Weg, der vom Gartentor zum Hauseingang führt, Bienen summen über den Blüten, decken sich mit Vorrat für den klammen rheinischen Winter ein.
Dann gehe auch ich ins Haus und ziehe die Verandatür hinter mir zu, die Abendluft kühlt jetzt schon merklich rascher ab, Herr Melchior steht in Dampfschwaden eingehüllt, er schlägt gerade mit dem Handmixer eine goldgelbe Sauce auf, Anka lauert zu seinen Füßen auf Kostproben, ein rotes Lämpchen am Herd zeigt an, daß das Backrohr eingeschaltet ist.
Ein paar Minuten noch Agnes, sagt Herr Melchior, nehmen Sie ruhig schon mal Platz, Sie wissen ja wo.
Der Tisch ist gedeckt, mit Papierservietten und sorgfältig ausgerichtetem Besteck, Römergläsern auf Untersetzern aus Bast, neben meinem Teller steht ein Krug mit Astern. Ich nehme einen Schluck vom Traminer und denke mir, daß ich stundenlang so dasitzen

könnte, dem Ticken der Kuckucksuhr lauschen, Herrn Melchior zusehen, der gerade mit dem Rücken zu mir die Sauce in eine flache weiße Porzellanschüssel gießt, dann die Schüssel in den Backofen schiebt und Anka verschwörerisch zuzwinkert, mittlerweile steht auch eine Platte mit aufgeschnittenem Schinken auf der Anrichte, Herr Melchior wischt sich die Hände an dem karierten Küchentuch ab, das er sich in den Hosenbund gestopft hat, und prostet mir zu, dann öffnet er die Tür zum Backrohr einen Spalt weit, ein köstlicher Duft nach Käse zieht durch den Raum, Anka fixiert die Platte mit dem Schinken.
Dann ist es soweit, Herr und Hund werden von Geschäftigkeit erfaßt, Anka schlabbert Wasser aus ihrem Plastiknapf und schüttelt sich ausgiebig, Herr Melchior holt die weiße Porzellanschüssel aus dem Ofen, ich höre ihn leise jammern, offenbar hat er sich die Finger verbrannt, dann schreitet Herr Melchior zu Tisch, zwischen zwei Topflappen hält er die dampfende Schüssel, Spargel gratiniert, verkündet Herr Melchior und strahlt vor verhaltenem Stolz wie ein Schickeriakoch, der Wachteln in Blattgold aufträgt.
Spargel, frage ich verblüfft, die Saison ist doch längst vorüber?
Natürlich aus der Dose, belehrt mich Herr Melchior, aber man schmeckt praktisch keinen Unterschied, Sie werden sehen.
Ich bekomme eine ansehnliche Portion auf meinen Teller gehäuft, die Spargelköpfe schimmern durch das Goldgelb der Sauce, dazu zwei Scheiben vom Schinken, ich muß plötzlich an Clemens Eckbrecht denken, der höchstwahrscheinlich lieber den Hungertod erleiden würde, als Spargel aus der Dose zu essen, warum lachen Sie, Agnes, fragt Herr Melchior neugierig, ach, wegen Anka, sage ich, sie schaut so flehentlich drein.
Dann bekommt auch Anka ihren Anteil, viel Schinken

mit einem Klacks Käsesauce darüber, Anka schmatzt voll Behagen, aber sie ist eben auch kein Gourmet.
Wir kauen ebenfalls mit vollen Backen, einfach köstlich, lobe ich, also damit habe ich nun wirklich nicht gerechnet, diese Überraschung ist Ihnen gelungen.
Obwohl es nicht ganz mein Originalrezept ist, sagt Herr Melchior ein klein wenig bekümmert, im Frühjahr verfeinere ich das Kochwasser vom Spargel noch mit einem – lassen Sie mich raten, unterbreche ich Herrn Melchior, mit einem Schluck Moselwein, damit habe ich natürlich ins Schwarze getroffen, Herr Melchior steht auf und holt eine zweite Flasche.
Der Wein schmeckt kühl und schwer, wir sitzen alle drei eine Weile still da, schläfrig vom Essen und Trinken, jetzt mache ich uns noch eine schöne Tasse Kaffee, sagt Herr Melchior, und räumt die Teller ab.
Die Kaffeemaschine brodelt, Herr Melchior stellt Tassen und Zuckerdose auf den Tisch, Sie bleiben doch hoffentlich für eine Weile im Lande, Agnes, oder haben Sie schon wieder Reisepläne?
Nichts Bestimmtes, sage ich, von Umbrien möchte ich Herrn Melchior in diesem Augenblick nichts erzählen, außerdem ist dieses Projekt noch sehr vage, ich habe selbst wenig Lust, schon wieder die Koffer zu packen.
Ihr Mann wird ja allmählich richtig prominent, sagt Herr Melchior und trägt vorsichtig die Kaffeekanne zum Tisch, neulich habe ich im Chronikteil vom »Tagblatt« einen Bericht über die Eröffnung seiner Filiale in Berlin gelesen, da muß ja mächtig was los gewesen sein, all diese Berühmtheiten, sehr nett Ihr Mann übrigens, wir haben uns nämlich länger unterhalten, damals als er mir Ihre Nummer in St. Petersburg gegeben hat, bringen Sie ihn doch einmal mit.
Ja gerne, murmle ich und denke mir, daß ich ganz gewiß nicht vorhabe, Herrn Melchior mit Simon zu tei-

len, Simon hat Freunde genug, Laetitia und die Trenkwitzens, Clemens Eckbrecht und Jean-Luc Dubois, Samtkäppchen gehört sicherlich auch schon dazu. Dann ist es an der Zeit heimzugehen, Herr Melchior und Anka begleiten mich bis zum Gartenzaun, die Nacht ist kalt und klar und erfüllt vom Duft der Rosen, Sie kommen doch nächste Woche, sagt Herr Melchior, haben Sie eigentlich schon einmal mein Moussaka probiert?

*

Simon fährt gerne Auto, und ich sehe ihm gerne dabei zu. Es verschafft mir ein Gefühl der Geborgenheit, wie ich es sonst selten empfinde, die Hände meines Mannes umfassen das Lenkrad, im Radio wird ein Quiz gesendet, wir müssen beide an den gleichen Stellen lachen, draußen zieht die Landschaft vorbei, hügelig ansteigend, die Fronten der Häuser sind mit dunklen Schindeln verkleidet, hinter den blankgeputzten Fensterscheiben stehen die Blumentöpfe in Reih und Glied. Das Quiz wird von Werbung unterbrochen, Simon streckt die Hand aus und sucht nach einem anderen Sender, wir einigen uns auf italienische Schlagermusik, Lucio Dallas heisere Stimme wirkt unter diesem grauen Himmel wie eine Botschaft von einem fremden Stern.
Ich habe Simon noch immer nichts von dem Vorschlag von Elvira Mertens erzählt, wir beide in Umbrien, spazierengehen, sich unterhaken, Geschichten erzählen, wahre und erfundene, was kann es Schöneres geben, aber ich schweige beharrlich.
Es gibt da ein kleines Problem, sagt mein Mann gerade, wir wollten doch so bald wie möglich nach Australien, aber ich stecke einfach bis über beide Ohren in Arbeit, wärst du sehr enttäuscht, wenn wir unsere Reise noch

ein wenig verschieben, Simon blickt mich von der Seite an, ich bemühe mich, mir meine Erleichterung nicht allzu sehr anmerken zu lassen, Australien, Hitze im Advent, etwas Gräßlicheres vermag ich mir kaum vorzustellen, aber nein, sage ich und verabschiede mich stillschweigend auch gleich von den umbrischen Fresken, manche Probleme erledigen sich einfach von selbst, das trifft sich ganz wunderbar, auch ich möchte für den Rest des Jahres nicht mehr fort.
Die Straße steigt in immer steileren Serpentinen an, Nebel liegt über der Erde, wir überholen einen Radfahrer, sein Gesicht ist ganz verzerrt vor Anstrengung.
Aber ich hätte einen anderen Vorschlag, sagt mein Mann, wir könnten statt dessen doch nach Baden-Baden fahren, dort findet kommende Woche das große Herbstmeeting statt, wir könnten uns die Rennen ansehen, ein wenig wetten, ein Glas Champagner trinken, na, was meinst du, an den rennfreien Tagen entführe ich dich ins Elsaß, wir kurven ein bißchen herum, und ich besuche ein paar Weingüter, so läßt sich das Vergnügen mit dem Geschäft verbinden, was hältst du davon?
Was hältst du davon, einmal nicht das Vergnügen mit dem Geschäft zu verbinden, sage ich, ich sage es spontan und schnell, wir schauen uns beide verblüfft an, Agnes reitet wieder auf dem Hexenbesen, ich wünschte, der Sender mit dem Quiz würde noch laufen.
Eine Weile fahren wir schweigend dahin, manchesmal in letzter Zeit habe ich das Gefühl, du willst mich einfach mißverstehen, sagt Simon und seufzt, glaubst du vielleicht, für mich ist alles einfach, dieses verdammte Jonglieren mit Krediten und Rückzahlungsraten, glaubst du vielleicht, mir macht es jedesmal Spaß, mir die Beine in den Bauch zu stehen und irgendwelchen Langweilern zuzuhören, nur weil sie vielleicht, viel-

leicht sage ich, ein paar Kisten Chablis zu ordern gedenken, aber natürlich zu Sonderkonditionen, und für wen, frage ich dich, für wen tue ich das alles, was glaubst du, Simon hat sich vorgebeugt und fixiert die Landstraße, als ob er nach einem verwitterten Ortsschild Ausschau hielte, zum Glück kommt uns nur ab und zu ein Fahrzeug entgegen, dideldumdei, tönt es aus den Radioboxen, umfahren Sie möglichst großräumig das Autobahnkreuz von – Simon dreht dem Sprecher mit einer unwirschen Handbewegung die Luft ab.
Du lieber Himmel, sage ich, ich wollte dich nicht mißverstehen, aber müssen all unsere Unternehmungen immer auf deine Firma und deine Interessen abgestimmt sein, können wir nicht wenigstens einmal etwas nur für uns tun, für unsere Beziehung, ich merke ja selbst, wie albern das klingt, wie unreif und weinerlich, aber ganz plötzlich ist eine Erbitterung in mir hochgestiegen, von deren Existenz in meinem Bauch ich bislang keine Ahnung hatte, wie Sodbrennen, das sich nicht verleugnen läßt, so oft man auch schluckt.
Simon hebt ganz kurz die Hände vom Lenkrad und läßt sie dann wieder fallen, mit einem resignierten Klatschen, Agnes, ich bitte dich, sei nicht ungerecht, dann schweigen wir beide, bis wir vor dem eleganten Landgasthof angelangt sind, in dem das halbjährliche Treffen des Wirtschaftsverbandes stattfindet, ein zwangloses Beisammensein mit Diskussionsbeiträgen soll es werden, war auf dem Einladungsbillett zu lesen, als roter Faden durch den Abend dient ein sechsgängiges Degustationsmenü, nach den Jakobsmuscheln an Weißweinschaum wünscht der Vorsitzende ein Referat zu halten.
Warmes Licht fällt aus den Sprossenfenstern, lachende Männerstimmen sind zu hören, wir gehen auf den gläsernen Windfang zu, Simon greift nach meinem Arm,

ein schönes Paar, so werden wir den Saal betreten, man kann nicht alles haben, sagt mein Mann, und das ist eine Wahrheit, der ich nichts entgegenzusetzen habe.

*

Die Hüte der Damen wären wahrscheinlich nicht einmal durch eine Stampede zu retten, die Garderoben eventuell durch ein Schlammbad.
Ich lehne an der Champagnerbar der Pferderennbahn von Iffezheim und bestaune die Kostümchen in Apfelgrün und Marzipanrosa, Goldknöpfe funkeln, Lackabsätze versinken in feuchter Erde, süße Parfums vermischen sich mit dem Duft von Roßäpfeln. In Baden-Baden befällt mich stets eine heftige Sehnsucht nach italienischen Marktplätzen, wo sich die Familien nach der Hitze des Tages zum Korso treffen, man flaniert schwarzgewandet oder in Dunkelblau, die Frauen tragen Kämme im Haar, die Schuhe der Männer glänzen, Eleganz läßt sich nicht kaufen und in einer Tüte mit aufgeprägtem Schriftzug nach Hause tragen, neben mir steht Sylvie Dubois, in raupengrüne Seide gewickelt, und leert ihr Glas mit durstigen Zügen, wir haben soeben das einzige Hürdenrennen des Tages verfolgt, ein Pferd nur mitsamt Jockey ist zu Sturz gekommen, Sylvie hat mehrere hundert Mark auf einen todsicheren Tip gesetzt und verloren, merde, sie winkt das junge Mädchen hinter dem Tresen herbei und bestellt ein neues Glas.
Auf diese Art haben wir fast schon eine ganze Woche hinter uns gebracht, mit Champagnertrinken und Plaudern und Tribünen-hinauf-und-Hinabsteigen, Sylvie Dubois dürfte mittlerweile den Gegenwert mehrerer Kostüme mit handgenähten Knopflöchern verspielt

haben, Jean-Luc Dubois lächelt nachsichtig, wahrscheinlich fallen ihm seine Geschäftsreisen nach Genf ein, so gibt jeder das mühsam Ererbte nach seinem Gutdünken aus.
Das Wiedersehen mit den Dubois hat mich etwas verblüfft, die Erinnerung an die Auseinandersetzung zwischen den Ehegatten bei unserem letzten Zusammentreffen war mir wohl ins Gesicht geschrieben, ach das, meine Liebe, hat Sylvie gezwitschert, als wir uns auf der Damentoilette die Lippen nachzogen, das dürfen Sie doch nicht so ernst nehmen, eine kleine Szene ab und zu hält die Beziehung frisch, oder machen Sie es etwa nicht so?
Dann hat Sylvie der rotbackigen alten Frau, die pünktlich jede Rennsaison aufs neue die Damentoiletten von Iffezheim hütet, großzügig eine Handvoll Münzen auf den Teller gestreut und ist hinaus ins Freie gestöckelt, ich hinterdrein, die alte Frau mit den roten Backen hat hinter uns eine kräftige Dosis Tannenduft versprüht, in den Damentoiletten von Iffezheim ist wohl schon so manche heftige Nadelbaumallergie ausgelöst worden.
Seitdem gibt mir Sylvie Dubois Nachhilfeunterricht in Beziehungskunde, offenbar hält sie mich für ein wenig zurückgeblieben in diesem Fach. Man darf sich nicht zu viel von den Männern erwarten, belehrt mich Sylvie Dubois, wir stehen am Führring und sehen den Stallburschen zu, die millionenschwere Fesseln mit einem Wasserguß abkühlen, wenn man sich nichts erwartet, dann kann man auch nicht enttäuscht werden.
Man muß sie an der langen, wie sagt man, Schnur, oh non, Leine halten, wird mir eine weitere Lektion zuteil, das vierte Rennen ist vorüber, schweißglänzende Pferde tänzeln den Weg zur Waage hoch, auf ihren Rücken hocken die Jockeys, zusammengekrümmt und mit alten Gesichtern, auch die besten unter ihnen

müssen zu barbarischen Methoden greifen, um vor den entscheidenden Rennen an Gewicht zu verlieren, in diesem Beruf ist man bereits mit vierundfünfzig Kilo ein Fettwanst.
So tändeln wir dahin, unter Kastanienbäumen und breitkrempigen Hüten, die Damen plaudern, die Herren wetten, streng nach Geschlechtern getrennt, wie beim Kamelrennen in Dubai City, nur gilt zum Glück kein Alkoholverbot, ich kontrolliere sorgsam meinen Champagnerpegel. Ab und zu setze ich auf einen Sieger, der dann doch nur Zweiter wird, aber das Wetten läßt mich kalt und beim Zieleinlauf, wenn rundum geschrien und getrampelt wird, dann blicke ich lieber auf die Ränge hinter mir, erstaunlich, wieviel Gefühl in Gesichtern sichtbar wird, wenn ein Pferd die Nüstern vorne hat.
Na, amüsiert ihr euch, Simon legt seinen Arm um mich und strahlt uns an, bei diesem prachtvollen Wetter können wir heute abend sicher auf der Terrasse essen, übrigens, Alex kommt auch vorbei, ich habe gerade mit ihm telephoniert, Alex ist mein Architekt aus Berlin, klärt Simon Sylvie Dubois auf, Alex mit dem Samtkäppchen, füge ich lautlos hinzu und bestelle zur Abwechslung ein weiteres Glas Champagner, Simon droht mir lachend, dann muß er sich sputen, er möchte vor dem nächsten Rennen noch unbedingt einen Wettschein ausfüllen. Wir blicken ihm nach, Sylvie Dubois öffnet den Mund, aber ich komme ihr zuvor, Sie entschuldigen mich für einen Moment, bis gleich, und ich enteile ebenfalls, Sylvie Dubois muß sich Lektion Nummer drei für später aufheben.

*

Rosagoldenes Licht fällt auf die Terrasse, die wie ein Balkon über den Weinbergen schwebt, es duftet nach

Rosenblüten und Parfum und ganz schwach nach gebratenem Fleisch, wir sitzen auf weiß-grün karierten Polstern auf zierlichen Stühlen aus schneeweiß lackiertem Schmiedeeisen, an einem Tisch, der mit weißem Damast gedeckt ist, die Servietten sind zu schwanähnlichen Gebilden gefaltet, im Zentrum der Tafel flackert ein Windlicht in einem Kelch aus Glas.

Alex mit dem Samtkäppchen sitzt mir gegenüber und blickt mit mokantem Lächeln der Kellnerin nach, die gerade in geschnürten Gesundheitsschuhen ein Tablett voll leerer Gläser zurück in die Küche schleppt. Dann blickt der gefeierte Architekt wieder in die Speisenkarte, auch sie wird seinem ästhetischen Empfinden nicht gerecht, es ist an seinen Mundwinkeln abzulesen, Alex seufzt und legt die handbeschriebenen Blätter zur Seite, in Berlin ernährt er sich praktisch nur von rohem Fisch, natürlich muß es allererste Qualität sein, wie man sie nur in zwei, höchstens drei Lokalen findet, Alex mit dem Samtkäppchen hat sich diese Art der Nahrungsaufnahme bei seinem letzten Japanaufenthalt angewöhnt, dazu noch gedünstetes Gemüse und ab und an Kohlehydrate in Form von Reis und Vollkornnudeln, das alles haben wir bereits vor dem ersten Gang erfahren, es stellt sich nur ein Problem, im »Goldenen Lamm« gibt es keinen rohen Fisch, bloß Forelle blau und gebratenen Saibling, die Kellnerin in den Gesundheitsschuhen hat die Häme des Gastes mit jahrelang geschulter Gleichgültigkeit über sich ergehen lassen.

Endlich haben wir alle bestellt, ich entscheide mich für das Menü, mein Magen verlangt nach fester Nahrung, ein junger Mann serviert den Gruß des Hauses, daumennagelgroße Teigtaschen, gefüllt mit einer Kräuterfarce, wir nippen am Sherry, die Abendluft ist so mild wie auf einer Veranda im Süden, wenn die Mauern die Mittagsglut abstrahlen.

Alex, der heute abend ein besticktes Käppchen in Bordeauxrot trägt, wendet sich an seine Begleiterin und flüstert ihr ins Ohr, sie lächelt dankbar für so viel Aufmerksamkeit, die junge Frau ist schön wie ein funkelnder Hauptgewinn, aber sie läßt sich von Alex behandeln wie ein Trostpreis.
Schade, daß morgen schon alles zu Ende ist, macht Sylvie Dubois Konversation, Simon nickt heftig zustimmend, er hat diese Woche in vollen Zügen genossen.
Der erste Gang wird aufgetragen, Alex und seine Begleiterin haben sich für Rohkost entschieden, wir übrigen bekommen eine Elsässer Kartoffelcremesuppe serviert, mit Garnelen und Lauchscheibchen bestreut.
Ja, das ist wirklich schade, greift Jean-Luc Dubois den Faden wieder auf, aber mir kommt da gerade eine phantastische Idee, warum verlängern wir nicht einfach diese schönen Tage und Sie alle kommen noch zu uns, wir könnten das doch mit dem Geschäftlichen verbinden und ein paar Besprechungen erledigen, was meinen Sie, Simon, und für den Rest ist auch gesorgt, jetzt wendet sich Jean-Luc Dubois in meine Richtung, die Damen wären einem Einkaufsbummel durch Straßburg doch sicherlich nicht abgeneigt, was sagen Sie?
Oh ja, Sylvie Dubois ist ganz echauffiert von dieser Idee, Simon sendet mir fragende, eher um Einverständnis heischende Blicke, ich schiebe den Teller mit Elsässer Kartoffelcremesuppe ein klein wenig von mir, irgendwie habe ich keinen Appetit mehr.
Also, dieser Vorschlag kommt zwar ziemlich überraschend, aber wenn ich es so recht bedenke, was meinst du, Agnes, mein Mann erwärmt sich sichtlich, ja doch, ich denke, das läßt sich einrichten.
Wunderbar, Jean-Luc Dubois winkt den Kellner herbei und bestellt eine weitere Flasche Sancerre, die Tel-

ler werden abgeräumt, die Sonne zieht sich allmählich hinter die Weinberge zurück, dafür flackern jetzt an allen Tischen Kerzen und bringen das Besteck und den Schmuck der Frauen zum Funkeln.
Käseduft kündigt den nächsten Gang an, Kalbsnuß in Parmesankruste, dazu Blattspinat und Kartoffelgratin, für Alex und die junge Frau gibt es gedämpfte Forellenfilets. Offenbar hat der Koch vom »Goldenen Lamm« seine Lehrzeit am Fuße des Fudschijama absolviert, Alex wirkt durchaus angetan, die junge Frau nimmt nur winzige Bissen zu sich, ich mache es ebenso, heute abend kehrt mein Appetit nicht mehr zurück.
Der Kellner schenkt uns Sancerre nach, eine blasse Mondsichel steht über unseren Köpfen, ich denke mir, wie wunderschön diese Nacht doch ist, man müßte jetzt in einer Baumkrone sitzen, beschützt vom Dickicht der Blätter, die Terrasse vom »Goldenen Lamm« wäre einfach ein heller Fleck weit unten auf der Erde, die Teller so groß wie Puppengeschirr.
Sie sind auch aus Berlin?
Sylvie Dubois hat sich an die schöne junge Frau gewandt, die Frau schüttelt den Kopf und lächelt schüchtern und wendet sich an den Mann zu ihrer Rechten, der gibt für sie die Antwort, mit vollem Mund, Aljona ist aus Warschau, ich habe sie von einem Geschäftstrip mitgebracht. Alex mit dem Samtkäppchen tätschelt die junge Frau und grinst, so sind sie mir am liebsten, schön und schweigsam, Jean-Luc Dubois lacht laut und dröhnend, Simon lacht ebenfalls, ich schaue ihm ins Gesicht, mein Mann beugt sich über den Teller, ja so ein Gratin ist kompliziert zu zerteilen.

*

Am letzten Tag der Rennwoche liegt ein Hauch von Auflösung über der Bahn, die Preisschilder für Rote Grütze mit Vanilleeis werden diskret abgebaut, kleine Männer in Reithosen und Stiefeln lehnen erschöpft an der Theke und genehmigen sich endlich auch einen Schluck vom Champagner, dem Siegertrunk, mit dem an den Tagen zuvor Stallbesitzer und Trainer einander zuprosteten, rund um die Wettschalter wächst kein Grashalm mehr.
Ein kühler Wind zerrt an unseren Kleidern, Sylvie Dubois muß ihren Hut festhalten, wir bummeln ein letztes Mal über das Gelände, Jean-Luc und Simon ein paar Schritte hinter uns, Alex und die schöne Aljona sind im Hotel geblieben, Sylvie grüßt nach links und winkt nach rechts, ich setze meine Sonnenbrille auf, das Licht ist seltsam grell, obwohl gar keine Sonne scheint, vielleicht habe ich gestern abend aber auch nur ein wenig zu viel vom Sancerre getrunken.
Am äußersten Ende der Rennbahn liegt das große weiße Festzelt, in dem Bier statt Champagner ausgeschenkt wird, die Rennen werden auf Monitoren übertragen, es gibt badischen Zwiebelkuchen auf Papptellern und Grillwurst mit Ketchup und Pommes, Sylvie neben mir ist ganz entzückt, hier waren wir ja noch nie, Sylvie Dubois blickt sich um wie auf einer exotischen Insel, die Eingeborenen wirken friedvoll und gemütlich, oh ja, laßt uns doch so eine Wurst essen, die Männer stellen sich in der Schlange vor dem offenen Grill an, Simon holt noch Bier in Pappbechern und eine Extraportion Senf im Plastiktütchen für Sylvie, dann zwängen wir uns alle an einen der schmalen Holztische, die quer im Zelt aufgestellt sind.
Neben mir sitzt ein älteres Paar und füllt einträchtig einen Wettschein aus, gegenüber sitzt eine Familie, die Frau hält das Jüngste im Arm, der Mann schaut zum Monitor hoch, auf dem gerade die Starterliste für das

nächste Rennen aufscheint, und kritzelt Notizen an den Rand des Programmheftes. Zwischen den beiden sitzt ein Kind, ein Junge von ungefähr acht Jahren, und beißt genußvoll in seinen Zwiebelkuchen, Ketchup tropft ihm übers Kinn, seine Zähne sind milchweiß, über seinem rechten Handgelenk klebt ein verschmutztes Pflaster.
Dann haben wir unsere Würstchen aufgegessen, Jean-Luc und Simon drängen zum Aufbruch, sie wollen das nächste Rennen unbedingt von der Tribüne aus sehen, wir gehen wieder zurück, knapp vor der Tribüne schere ich aus unserem Grüppchen aus, ich komme gleich nach, geht ruhig schon voraus, dann biege ich scharf nach rechts und in einen dämmrigen Gang ein, frischfrisierte Frauen kommen mir entgegen, es duftet nach Tannennadeln.
Die alte Frau mit den roten Backen kann meinen Geldschein problemlos in eine Handvoll Münzen wechseln, schräg gegenüber der Damentoilette von Iffezheim hängt ein Telephonapparat an der Wand, ich blättere kurz in meinem schwarzledernen Notizbuch, dann wähle ich eine Nummer, am anderen Ende der Leitung meldet sich eine professionell freundliche Frauenstimme, Lufthansa Reservierung, Guten Tag.
Guten Tag, sage ich, ich möchte ein Ticket nach St. Petersburg buchen.

6

Ich muß verrückt sein, sage ich, wer weiß, was ich ihm damit antue, ob es wohl das Richtige ist?
Ich schaue auf Irina, wie auf das Orakel vom Fontanka-Kanal, wir sitzen in der Küche und trinken Tee und rauchen, der Kai am gegenüberliegenden Ufer ist menschenleer, ein eisiger Wind bläst von der Newa her über die Stadt.
Alles ist besser als das, was auf ihn wartet, sagt Irina. Jetzt müssen wir ihn nur noch finden, und dann muß uns Kolja helfen, ihm wird schon etwas einfallen, gemeinsam werden wir es schaffen.

*

Jegliche Orientierung ist mir abhanden gekommen, ich habe das Gefühl, daß wir schon seit Stunden dahinfahren, durch Straßen, die immer staubiger und armseliger werden, an Bretterzäunen und Hausruinen vorbei, verstohlen schaue ich auf den Mann neben mir, er wirkt kein bißchen verunsichert, everything is alright, sagt Nikolaj, den seine Freunde Kolja nennen, und nimmt den Blick nicht von der Fahrbahn.
In meinem Schoß liegt ein Papierkuvert, in meiner Jacke befindet sich ein Taschentuch, mehr Gepäck hat mir Nikolaj nicht gestattet, ich rekapituliere noch einmal seine Anweisungen, präzise Antworten auf alle

Fragen, die mir gestellt werden, keine hektischen Bewegungen, keine einzige Frage von meiner Seite.
Dann biegt Nikolaj auf einen überraschend großen Platz ein, halbverfallene Häuser mit eingeschlagenen Fensterscheiben stehen im Rund, Hunde balgen sich hinter einer umgefallenen rostigen Tonne, Laub wirbelt über den Schotter. Kein Mensch ist zu sehen.
Wir steigen aus, ich habe plötzlich den Eindruck, daß auch Nikolajs Gelassenheit nicht mehr ganz echt ist, das Auto läßt er unversperrt zurück, heller Wahnsinn für Petersburger Verhältnisse, ich möchte Nikolaj auf sein Versehen aufmerksam machen, aber dann schweige ich lieber, wir gehen auf eine der Hausruinen zu, die Fensterläden sind vernagelt, das hölzerne Portal ist von Schmutz überkrustet. Nikolaj bleibt davor stehen und klopft mit der Faust gegen das Tor, der Hall verklingt in einem Raum, der riesig sein muß, vielleicht ein Kirchenschiff, ich merke, wie ein nervöses Kichern meine Kehle hochsteigt.
Hier bin ich also am Ende meiner Reise angelangt, neben einem Verrückten mitten im Niemandsland, morgen schon wird meine Leiche die Newa hinabtreiben, zum Finnischen Meerbusen hinaus, da knirscht das hölzerne Portal in seinen Angeln, die Flügel gehen auf und ein Hüne im schwarzen Anzug mit weißem Hemd und silbergrauer Krawatte steht vor uns, er grinst Nikolaj und mich an und macht eine einladende Handbewegung, hinter seinem Rücken erstreckt sich eine Halle mit weißem Marmorboden, auf dem Boden liegt ein riesiger roter Teppich, an den Wänden hängen Spiegel in goldenen Rahmen, in der Mitte der Halle führt eine Treppe aus weißem Marmor in den ersten Stock.
Ich stehe da wie zu einer Säule erstarrt, Nikolaj muß mir einen leichten Stups zwischen die Schulterblätter geben, wir betreten die Halle, der Hüne wechselt ein

paar kurze Sätze mit Nikolaj, dann sieht er mich an, prüfend und nicht unfreundlich, Nikolaj sagt etwas und zeigt auf das Kuvert, das ich umkrampft halte, der Mann im schwarzen Anzug nickt und deutet mit einer Kopfbewegung zur Treppe hin, weitere Männer in teuren Anzügen sind erschienen, sie stehen die Stufen hinauf Spalier, wie die Soldaten einer Elitetruppe beim Staatsbesuch, wir steigen an ihnen vorbei, der Musik entgegen.

Dann sind wir im ersten Stock und treten aus dem hellen Licht der Empore ins Dämmerlicht eines Saales, der wie ein Salon aus der Jahrhundertwende eingerichtet ist, samtrote Sofas und Fauteuils aus dunklem Holz gruppieren sich um niedere Tischchen, Teppiche dämpfen jeden Schritt, Palmen wachsen der Decke entgegen. Hinter einer Theke aus schwarzem Glas stehen junge Frauen und mixen Drinks und polieren Gläser, die sie prüfend gegen das gedämpfte Licht halten, dazu erklingen die alten Hits von Abba, ich merke, daß das hysterische Kichern noch immer in meiner Kehle lauert.

In der Mitte des Raumes sitzt eine Runde von Männern beim Kartenspiel, Nikolaj steuert ebendiese Runde an und läßt sich auf einem Sofa nieder, ich setze mich neben ihn. Die Männer spielen ungerührt weiter, knallen ihre Karten auf den Tisch und kauen an dicken Zigarren, einmal gibt es offenbar eine kleine Unstimmigkeit, die Stimmen werden laut, und ein Glas kippt um, aber dann spricht der Mann, der Nikolaj und mir am nächsten sitzt, ein Machtwort, er trägt eine getönte Brille und goldene Manschettenknöpfe, seine Finger sind kurz und dick, seine Nägel sind sorgfältig manikürt, mit einem knappen Satz sorgt er für Ruhe am Tisch.

Ein Mädchen erscheint und stellt zwei Gläser vor Nikolaj und mich, eine silbrige Flüssigkeit perlt in den

hochstieligen Kelchen, es ist Weißes Bier, der mörderische Mix aus Wodka und Champagner, ich nehme einen tiefen Schluck gegen das Kichern in meiner Kehle und ernte amüsierte Blicke rundum, mir wird bewußt, daß ich die einzige Frau im Raum bin, die zu den Gästen zählt.
Das Spiel geht weiter, der Mann mit der getönten Brille ordnet seine Karten neu und wendet sich Nikolaj zu, die beiden unterhalten sich, es klingt wie eine freundliche Plauderei im Wartezimmer einer Arztpraxis, dann schaut der Mann in meine Richtung und stellt mir offenkundig eine Frage, Nikolaj übersetzt, do you want a Swiss or a Dutch or a German passport, ich denke mir, daß dies unmöglich Agnes die Restauratorin sein kann, Agnes die Frau des Weinhändlers Simon, die hier mit dem tschetschenischen Boß der Petersburger Unterwelt verhandelt, I need a German passport, antworte ich, der Mann mit der getönten Sonnenbrille lacht und streckt die Hand aus, ich gebe ihm das Kuvert, er sagt noch einen kurzen Satz zu Nikolaj und wendet sich wieder dem Spiel zu, wir sind entlassen.
Nikolaj steht auf, ich erhebe mich ebenfalls, wir gehen aus dem Saal und steigen die Marmortreppe hinab, an ihrem Fuß wartet der Hüne mit der Silberkrawatte, er schäkert ein wenig mit Nikolaj und macht eine ironische kleine Verbeugung in meine Richtung, dann öffnet sich das Tor und wir treten hinaus in die feuchtkalte Luft, das Auto steht noch immer da, die Hunde sind verschwunden, Papierfetzen trudeln über den Platz, kein Mensch ist zu sehen.
Everything will be alright, sagt Nikolaj, sein Hemdkragen ist naßgeschwitzt, er lächelt mich an, zum erstenmal an diesem Tag.

*

Ich habe zwar wieder ein Zimmer im »Puschkin« gemietet, aber die meiste Zeit verbringe ich bei Irina in der Wohnung am Fontanka-Kanal, Juri schläft auf einer Matratze am Boden, Irinas Mutter kocht Berge von Fleischknödeln und kleinen Pfannkuchen, die mit eingelegten Kirschen und saurer Sahne gefüllt sind, eine Atmosphäre des Hoffens und des Bangens erfüllt jeden Winkel und erzeugt ein Knistern, als ob wir allesamt in einen Stromkreis geraten wären, ich habe das Gefühl, zum ersten Mal seit langer Zeit hellwach zu sein.

Juri läßt alles mit sich geschehen, nicht einmal das Baden war ein Problem, er ißt Fleischknödel und Pfannkuchen und trinkt Limonade, dann gibt es wieder Unterricht, Irina redet auf ihn ein und erklärt und deutet, ich sitze dabei und schaue zu, manchesmal blickt Juri mich an, ich frage mich wohl zum hundertstenmal, was er sich gerade denken mag.

Vor drei Tagen haben wir ihn endlich gefunden, wir hatten schon alle Hoffnung aufgegeben, aus dem Kinderheim war er bereits vor Wochen ausgerissen, die Leiterin des Kinderheimes hat Irina kurz darüber informiert, allzu betroffen ist sie nicht gewesen, ich kann es ihr nicht verdenken, wer führt schon gerne ein Heim für Straßenkinder in St. Petersburg, auch Frau Larissa Zasulich würde wohl lieber ein Fresko in Umbrien restaurieren.

Tagelang sind wir durch das Viertel rund um den Kirow-Prospekt gefahren, haben Sackgassen und Innenhöfe durchsucht, sind das Ufer der Newa abgelaufen, Irina hat Kinder und Erwachsene angesprochen und immer wieder nur ein Kopfschütteln geerntet, dann haben wir unsere Suche ausgedehnt, sind müde und planlos herumgefahren, dann haben wir ihn entdeckt, am Abend vor drei Tagen, eine Gruppe von Halbwüchsigen hat hinter dem Finnischen Bahnhof eine Tonne in Brand gesteckt, wir sind darauf zugefahren, Kinder sind im Kreis um das Feuer gestanden und haben sich die Hände gewärmt, eines von ihnen war Juri.

Wir sind aus dem Auto gestiegen, die Kinder sind davongelaufen, Irina hat gerufen, dann ist Juri stehengeblieben und hat sich umgedreht, sein Gesicht war von Rotz verschmiert, Irina ist zu ihm hingegangen und hat ihm den Arm um die Schulter gelegt, dann sind sie ganz langsam zurückgekommen, einige der Kinder haben gekreischt und Juri etwas zugerufen, lauf weg, so lauf doch weg, das war ihren Gebärden deutlich zu entnehmen, aber Juri ist zu uns ins Auto gestiegen, benommen und mit fiebrigen Augen, schon am Sommergarten war er eingeschlafen, am Fontanka-Kanal mußten wir ihn die Stufen hochtragen.

Das war vor fünf Tagen, übermorgen geht unser Flug, gestern hat mir Nikolaj den Paß gebracht, für den ich mich verschuldet habe auf Jahre hinaus, Juri heißt jetzt Thomas, er ist am 10. Februar 1989 in Bonn geboren, Augenfarbe grau-blau, das Foto zeigt einen Jungen, der ernst und gefaßt in die Kamera blickt.

Einen Jungen, dem fortan alle Möglichkeiten offenstehen, wenn. Wenn kein Zöllner Verdacht schöpft. Wenn Juri nicht in Panik gerät. Wenn ich meine Nerven behalte. Wenn die Stewardessen nicht mißtrauisch werden, dann. Dann wird Thomas mit den grau-blauen Augen fortan in Deutschland zur Schule gehen, in einem Bett schlafen, Schuhe mit Ledersohlen tragen und im Winter einen warmen Anorak, seine Erinnerungen werden verblassen wie die Narbe auf seiner Stirn, vielleicht.

Ich blicke wieder auf Irina und Juri, die den Türrahmen zwischen Diele und Gemeinschaftsküche zur Flughafenkontrollstation umfunktioniert haben, Irina winkt mit barschem Gesichtsausdruck, dann muß Juri durch die Tür treten, Irina tastet ihn mit einem Kochlöffel ab,

Juri muß sich drehen und wenden, die Arme heben, Irina nickt mit barschem Gesichtsausdruck, danke, weitergehen, sagt Irina auf deutsch, dann prusten beide los, ich muß ebenfalls lachen, wir müssen verrückt sein.
Genug für heute, sagt Irina und kommt an den Tisch und zündet sich eine Zigarette an, wir schauen zum Fenster hinaus und schweigen, alles ist besprochen bis auf eine Frage, wir schieben sie seit Tagen vor uns her, was wird dein Mann dazu sagen, Irina versucht beiläufig zu klingen, ein wenig Asche fällt auf ihren Rock.
Ich denke an Simon, den ich ratlos und ahnungslos zurückgelassen habe, oh, der ist begeistert, sage ich und blicke sorgfältig an Irina vorbei auf die grüngestrichene Küchenanrichte, zuerst war er natürlich ein wenig schockiert über meine Idee, aber jetzt freut er sich schon.
Irina drückt die Zigarette aus.

*

Dann stehen wir in Pulkowo, am Flughafen von St. Petersburg, der mir mittlerweile fast schon so vertraut ist wie eine U-Bahnstation zu Hause, Juri neben mir trägt Jeans und eine dunkelblaue Jacke über einem blauen Pullover, seine mattblonden Haare sind kurzgeschnitten, unser Flug ist aufgerufen, wir winken Irina zu, die sich rasch umdreht und geht, ich taste nach den Pässen in meiner Tasche, dann gehen wir auf die Sperre zu, die Finger des Kindes glühen in meiner eiskalten Hand.

7

Herrgottnochmal, ist dir eigentlich klar, in was für eine Situation du uns manövriert hast, ist dir eigentlich klar, daß wir uns allesamt strafbar machen, du, ich, deine sogenannten Freunde, diese Irina, dieser Nikolaj und wie sie alle heißen, ja auch unsere Freunde hier, jeder, der davon erfährt und nichts unternimmt, diese ganze Angelegenheit ist doch jenseits der Legalität, was hast du dir bloß gedacht, ich verstehe dich nicht, mein Gott, man hätte doch darüber reden können, in aller Ruhe, wenn dir so viel daran liegt, warum hast du nie etwas gesagt, hätten wir eben eine Adoption ins Auge gefaßt, das wäre vielleicht gar nicht so übel gewesen, wozu haben wir unsere Kontakte, diese Elvira Mertens hätte uns sicher behilflich sein können, aber nein, ein russisches Straßenkind muß her, total verstockt, redet kein einziges Wort, jetzt sieh mich bitte nicht so an, ja, versuche nicht mich zum Unmenschen zu stempeln, das wird dir nicht gelingen, mir ist sehr wohl bewußt, daß dieser Juri nicht auf der Rosenseite zur Welt gekommen ist, mir ist das alles sehr wohl bewußt, das kannst du mir gerne glauben, aber was soll dieses Kind jetzt hier bei uns, bitteschön, hast du dir mal überlegt, wie es weitergehen soll, wann wird er genug Deutsch sprechen, daß er zur Schule gehen kann, wie sollen wir ihn plötzlich unseren Freunden erklären, wie den Nachbarn hier im Haus, Herrgott, das darf doch nicht wahr sein, was hast du dir bloß dabei gedacht, ich verstehe dich nicht.

Juri sitzt auf der Terrasse und baumelt mit den Beinen, Simon läuft im Wohnzimmer auf und ab, der Raum wird immer kleiner, mein Mann wird immer größer, da habe ich Irina wohl angelogen, nein, mein Mann freut sich nicht.

*

Ich probiere heute etwas ganz Neues aus, sagt Herr Melchior und schaut mich ein wenig besorgt von der Seite an, Hamburger, Sie sind doch nicht enttäuscht Agnes, aber wissen Sie, Kinder lieben diese Fleischklopse, das habe ich mir sagen lassen, ich habe auch Ketchup und Gewürzgurken eingekauft, damit es ganz echt wird, hoffentlich schmeckt es ihm, ich habe schon so lange kein Kind mehr zu Besuch gehabt, dazu gibt es Pommes, mein Moussaka mache ich das nächstemal.
Herr Melchior erwärmt Öl in einer Pfanne und schneidet eine Gewürzgurke in Scheibchen, ich gehe zu Juri, der schon seit einer halben Stunde bei Anka am Boden sitzt und sie hinter den Ohren krault.
Hat er noch genug Cola, ruft Herr Melchior aus der Küche, obwohl dieses süße Zeug sicher nicht gesund ist, ja, wenn ich das geahnt hätte, dann hätte ich im Sommer meinen selbstgemachten Johannisbeersaft angesetzt, den haben meine Kinder geliebt, früher, wie sie noch klein waren, na, dafür im nächsten Jahr, zum Nachtisch gibt es Vanillepudding mit heißen Himbeeren, Herr Melchior erscheint im Türrahmen, was glauben Sie, geht er gerne angeln, ich wüßte da ein paar Plätzchen.

*

Simons Hände umfassen das Lenkrad, hinter uns sitzt Juri und schaut zum Fenster hinaus, draußen verglüht

ein Sonntag im Oktober und färbt die Blätter der Bäume rotgolden, es war wohl einer der letzten warmen Tage in diesem Jahr, wir sind den Rhein entlanggefahren, haben Kaffee getrunken und Eis gegessen auf einer Terrasse hoch über dem Fluß, ich habe heimlich Simon beobachtet, der heimlich Juri aus den Augenwinkeln gemustert hat.
Ein brüchiger Waffenstillstand herrscht zwischen uns, Simon führt Telephonate, die jäh abbrechen, wenn ich das Zimmer betrete, er kommt erst spätabends nach Hause, wir liegen dann im Dunkeln und finden keinen Schlaf, Simon wendet mir seinen Rücken zu, auch ich drehe mich zur Seite und ziehe die Knie an, in welcher Haltung läßt sich Kummer am besten ertragen, so liegen wir da und lauschen der Stille.
Juri hat sich in seinen dunkelblauen Parka zurückgezogen wie in ein Schneckenhaus, Irina fehlt so sehr, die Tage versickern, und ich denke mir, daß ich endlich etwas unternehmen müßte, Russisch lernen, Unterricht für Juri organisieren, das Problem bei den Hörnern packen, so sagt man doch, aber dann bummle ich bloß mit Juri die Uferpromenade entlang, wir lassen Steine über das Wasser schlittern und sehen den Schiffen nach, kaufen Birnen bei der Gemüsehändlerin, die neugierig auf das Kind an meiner Seite blickt, aber keine Fragen stellt.
Simon räuspert sich neben mir, er blickt konzentriert auf die Straße, es herrscht dichter Heimreiseverkehr, ich habe mit Marcel Trenkwitz gesprochen, sagt Simon, der ist mir noch am vertrauenswürdigsten erschienen, ich habe ihm von unserem Problem erzählt, ganz offen und schonungslos, er hat wirklich sehr anständig reagiert, hat fast ein wenig beeindruckt geklungen von deinem Kamikazeunternehmen, nun ja, jedenfalls haben wir die ganze Geschichte sehr offen und ehrlich erörtert, aber das sagte ich ja schon, und Marcel meint nun, daß

ein Internat wahrscheinlich die beste Lösung wäre, es gibt da Privatschulen, an denen man auch mit solchen, sagen wir mal sensiblen Fällen umzugehen weiß, er hat mir sogar eine Adresse genannt, durch seinen Job beim Rundfunk verfügt er ja über jede Menge Kontakte, knapp zweihundert Kilometer von hier, ich habe dort schon angerufen, die klingen wirklich sehr engagiert und verständnisvoll, für nächste Woche sind wir zu einem Vorstellungsgespräch angemeldet, kostet natürlich eine Menge Geld, vor allem die Diskretion, aber das scheint ja deine geringste Sorge zu sein, tja, das wär's. Und Simon stellt die Scheinwerfer an, die Dämmerung ist hereingebrochen, rundum verschwimmt die Landschaft wie ein blaßviolettes Aquarell.

Wir verlassen die Autobahn und fahren über die Schnellstraße, dann biegen wir in unser Wohnviertel ein, ein heftiger Wind ist aufgekommen und wirbelt das Laub aus den Gärten über die Straße, da blitzt der Umriß eines Mannes auf, wie ein Scherenschnitt vor dem Immergrün der Hecken, und ist auch schon wieder verschwunden, verdammt, schreit Simon und tritt auf die Bremse, Idiot, schreit Simon, das darf doch nicht wahr sein, ich spüre den Sicherheitsgurt schmerzhaft in meine Schulter schneiden und drehe mich angstvoll nach Juri um, zum Glück habe ich darauf bestanden, daß auch er sich anschnallt, Juri sitzt da mit blassem Gesicht und starrt mich an.

Verdammter Idiot, schreit Simon und reißt die Wagentür auf und stürzt nach draußen, ich steige ebenfalls aus, vor unserer Stoßstange rappelt sich gerade ein Mann in einer schmuddeligen Wolljacke und mit verfilztem Bart hoch, eine leere Bierdose rollt scheppernd unter ein geparktes Auto, Verzeihung Chef, sagt der Mann, sein Bieratem erreicht mich sogar in der kalten Luft, kann passieren, bin wohl schon etwas wackelig auf den Beinen heute, so 'n Mist auch, ist

doch hoffentlich nichts passiert, mit mir iss' jedenfalls alles in Ordnung, keine Sorge Chef, und der Mann tippt sich mit zwei Fingern an die Schläfen, ein Gruß in unsere Richtung, dann schwankt er davon, wir starren ihm nach, die Straße ist wieder menschenleer.
Ich merke erst jetzt, daß auch Juri ausgestiegen ist, er steht neben mir, Simon sieht uns an, sein Gesicht ist grau, Agnes, ich bitte dich, du mußt es doch einsehen, so kann das nicht weitergehen, was hätte nicht alles passieren können, nicht auszumalen, wir müssen eine Lösung finden, du mußt eine Entscheidung treffen, Fehler muß man auch eingestehen können, das siehst du doch ein, noch ist es nicht zu spät.
Wir stehen in der stillen Straße, das Laub raschelt zu unseren Füßen, VaterMutterKind, so denke ich mir, einen Herzschlag lang.
Ja, du hast recht, sage ich zu meinem Mann, es ist wirklich an der Zeit, eine Entscheidung zu treffen, manchesmal ist plötzlich alles ganz einfach und klar, kennst du dieses Gefühl, ich blicke meinem Mann ins Gesicht, das mir so vertraut ist, ich würde ihm gerne zum Abschied über die Wange streicheln, aber dann greife ich lieber nach Juris Hand, ich weiß, was ich tue, sage ich zu meinem Mann, der mich völlig entgeistert anstarrt, dann drehe ich mich um, Simon packt meinen Arm, Agnes, so komm doch endlich zur Besinnung, wir können über alles reden, aber ich schüttle ihn ab, eher unwillig als zornig, du weißt doch, sage ich zu meinem Mann, man kann nicht alles haben, und dann gehen wir, Juri und ich, die Straße hinunter, über die Kreuzung und den Gartenzaun entlang. Bei Herrn Melchior brennt schon Licht.

Marlene Faro

Frauen die Prosecco trinken

Roman

163 Seiten. RBL 1552. 16,– DM
ISBN 3-379-01552-0

Dieses Frauenbuch legen wir allen »Hera-Lind-Geschädigten« ans Herz. Wohltuende Bösartigkeit, freche Dialoge und Selbstironie können sooo unterhaltsam sein.

Fritz

Ein Roman im Stil der nach wie vor angesagten Frauenbücher, aber besser als die meisten, weil doch ganz ordentlich (selbst-)ironisch.

Kultur! News

Leichte Lektüre für Strand oder U-Bahnfahrt …

Der Tagesspiegel

RECLAM-BIBLIOTHEK

Andrea Brown
Frösche und Prinzen

Roman

341 Seiten. RBL 1592. 16,90 DM
ISBN 3-379-01592-X

»Kurzweilig«

Joy

»Köstlich, komisch und unterhaltsam: Andrea Browns Roman über die aufgewühlten Gefühle einer jungen Single-Frau auf der Suche nach dem Richtigen«

Journal für die Frau

»Süffisant-komisch«

Petra

»Ein leichter und fröhlicher Roman über Lust und Frust in der City«

YoYo

RECLAM-BIBLIOTHEK

Gisela Finke
Der Marktlückenmann

Roman

253 Seiten. RBL 1568. 16,– DM
ISBN 3-379-01568-7

»Und was machen Sie beruflich?« Das ist eine von den Fragen, die Benno Schmitt, Großstadtsingle, Mitte Dreißig, ungern hört. Soziologie hat er studiert, mit Abschluß immerhin, doch sich auf das »richtige« Berufsleben einzulassen, dazu mag er sich beim besten Willen nicht durchringen. Seinem Geldbeutel bekommt das natürlich nicht; gänzlich jedoch will Benno dem aufrechten Gang nicht abschwören. So jobbt er mal hier, mal dort – als Taxifahrer, Ghostwriter oder Vorleser, immer auf der Suche nach den Marktlücken des Lebens. Bis er Birgit (mit Karriere) und Susanne (mit Baby) kennenlernt und die Dinge plötzlich aus dem gewohnten Takt geraten.

Ein Frauenroman? Ein Männerroman? Von wegen – statt dessen: ein vergnüglicher Frauenmännerroman über die Achterbahn des Lebens.

Gisele Finke, geboren 1952 in Wuppertal. Diplom-Psychologin. Schrieb mehrere Sachbücher. Lebt in München.

RECLAM-BIBLIOTHEK

Sibylle Berg
Ein paar Leute suchen
das Glück und lachen sich tot

Roman

180 Seiten. RBL 1577. 16,– DM
ISBN 3-379-01577-6

»Schnoddrig, komisch und ziemlich traurig zugleich ... ein Buch über hoffnungslos aufgeklärte Glückssucher und das unbelehrbare pochende Herz.«

Andrea Köhler in »Focus«

»All diese Geschichten, manchmal mehr Slapstick, manchmal Groteske und ganz kalt und präzise erzählt, laufen mit einer unaufhaltsamen Mechanik ab, das ist die große Qualität dieses Debüts.«

Annette Meyhöfer in »SPIEGEL extra«

»Ein postmoderner Todesartenzyklus, verdichtet zu einer bitteren Melange aus Ingeborg Bachmann, Stephen King und MTV.«

Peter Henning in »Facts«

»Sibylle Berg bringt in ihrem ersten Episodenroman das Gefühl der Leere auf den Punkt ... schnörkellos und furchterregend genau.«

Verena Auffermann in der »Süddeutschen Zeitung«

Claudia Rosenkranz

Die letzte Fiesta

Roman

192 Seiten. RBL 1551. 16,– DM
ISBN 3-379-01551-2

Wer ist Johanna Schwartz? Welches Geheimnis verbindet sie mit ihrem Neffen Georg Fehrer?
Der Roman führt in einen Hexenkessel der Emotionen: Die Journalistin Karla Sandborn fährt im gutdotierten Auftrag Johanna Schwartz' nach Spanien, um Informationen über Fehrer zu sammeln. In Pamplona, wo die berühmte Fiesta tobt, heftet sie sich an seine Fersen. Man ißt und trinkt zusammen, kommt sich nahe – ein brillant erzählter Psychothriller, ein Roman der unterschwelligen Leidenschaften treibt seinem Höhepunkt entgegen.

Claudia Rosenkranz, geboren 1948 in Marburg/Lahn. Studium der Theaterwissenschaft, Germanistik und Soziologie. Promotion. Mitherausgeberin der Anthologie »Frauen, die pfeifen«. Lebt in Gießen.

Jan Beinßen

Zwei Frauen gegen die Zeit

Roman

311 Seiten. RBL 1576. 17,– DM
ISBN 3-379-01576-8

Um an historische Kostbarkeiten zu gelangen, ist der Antiquitätenhändlerin Gabriele Doberstein fast jedes Mittel recht. Ihre große Stunde schlägt nach dem Fall der Mauer: Sie durchstreift den Osten, fahndet in stillgelegten Bergwerken nach großer Kunst. Und Sina, die Freundin, muß ihr dabei helfen.

Eines Tages stößt das Frauenduo auf vielversprechende Unterlagen. Die Spur führt auf die Ostseeinsel Usedom, wo sich in einem Nazi-Bunker bei Peenemünde eine Schatzkammer verbergen soll. Als Gabrieles hochfliegende Erwartungen enttäuscht werden, erleben die Freundinnen eine gefährliche Überraschung: Unbekannte machen sich an den scheinbar verrotteten Schalt- und Steueranlagen der verborgenen Festung zu schaffen und nehmen Kontakt zu einer Rakete in der Erdumlaufbahn auf … zu einer Rakete, die in den letzten Jahren des Zweiten Weltkriegs von Peenemünde aus gestartet sein muß. Eine Katastrophe bahnt sich an …

Jan Beinßen, geboren 1965 in Stadthagen. Seit 1993 bei der »Abendzeitung« in Nürnberg.